La Mélodie du pardon

Du même auteur

Là où le soleil disparaît, XO Éditions, 2016.

Corneille

La Mélodie du pardon

XO ÉDITIONS

ISBN : 978-2-37448-823-3

L'amour est le dernier génie humain.

Chère amie, cher ami,

Aujourd'hui est un grand jour pour moi. Je sais enfin ce que je ferai quand je serai grand. Ce n'est pas rien. Je parlerai d'amour ! Mais sérieusement ! radicalement ! Peu de gens parlent d'amour radicalement. Je veux dire… avec courage.

Nous vivons une époque où il faut un sacré cran pour parler sérieusement d'amour. Je te parle ici d'un amour qui ne trie pas. Un amour qui triomphe pour tous et en même temps. Un amour non-partisan.

Quand on a cette conception de l'amour, on est accusé d'une risible naïveté, au mieux. Au pire, on entend, répété en chœur par le plus grand nombre et avec une autorité scientifique : « On ne peut faire confiance à quelqu'un qui ne sait pas choisir de camp ! » De nos jours, dès lors qu'on ose défendre la pourtant simple idée selon laquelle nous appartenons tous à la même famille humaine, on est louche ou égaré. Seul problème… Le futur est là !

S'il y a une seule autre race dont je me méfie désormais, c'est bien la race machine qui est en train d'apprendre à tout faire mieux que moi. Tout... sauf aimer ! Ça, elle ne sait pas encore faire, la machine. En tout cas, ce n'est pas pour tout de suite.

L'amour. C'est notre seul avantage sur la race machine, alors tâchons de garder notre avance. Tâchons de le lui apprendre afin qu'elle imite le meilleur de nous. L'amour est le dernier génie humain.

L'amour. Il n'y a qu'ainsi qu'on s'en sort. Il nous faut capitaliser, coûte que coûte, sur nos potentiels à aimer. Mais attention...

Tout ça ne fonctionne que si nous NOUS préférons. Tout ça ne fonctionne que si on crache sur nos lignes de vie, qu'on se serre la main et qu'on se jure sur la tête de nos aïeux communs que nous allons toujours préférer le vivant à la race machine.

La machine nous guette et notre seule chance de nous en sortir est de miser sur cet unique avantage : nous aimer entre nous et tirer l'élastique du « NOUS » au maximum sans l'éclater.

Mais je m'embarque peut-être dans un dangereux projet. En quoi parler d'amour est-il périlleux... ? Ben... Tu n'as pas remarqué... ? De nos jours, pour prouver qu'on aime les uns, il faut brandir sa haine des autres. J'ai même entendu dire : « L'amour pour tous est une trahison à tous. »

Merde ! Je fais comment, moi ?

Parce que je suis un traître né, moi !

Je suis métis. Un métis noir. Mélanine 85 % mais un métis quand même. Orphelin de deux races africaines qui, paraît-il, se détestent. Mon papa était Tutsi et maman était Hutu.

C'est la faute à mes gènes si j'ai la naïveté de penser que l'amour n'est pas un sport d'équipe.

L'amour qui ne fait pas de tri, c'est ça ma maladie. Ma religion. Mais c'est une religion qui me coûte cher depuis plus de trente ans.

Je suis survivant du génocide des Tutsis, au Rwanda en 1994. Et merde… rien qu'en écrivant cette phrase, je viens de faire une énorme bourde pour une partie de mes compatriotes.

Dans les débuts de Twitter, tous les 7 avril, jour de la commémoration du génocide, je postais un message d'amour qui ne trie pas, accompagné du hashtag « génocide rwandais ». Les Hutus étaient contents, les Tutsis étaient furieux. Parce que ne pas préciser que le génocide avait ciblé les Tutsis et non tous les Rwandais était une hérésie, une révision malhonnête voire criminelle de l'histoire de notre pays. Et ils n'avaient pas tort.

J'y étais après tout... J'ai entendu de mes propres oreilles des appels au massacre des « cafards », sobriquet donné aux Tutsis, à la radio RTLM[1]. J'y étais. Je l'ai vu. Je l'ai entendu. J'en ai ressenti la trouille.

En avril 1994, à Kigali, il était préférable d'être tout sauf Tutsi. C'est un fait.

Il ne fallait pas être grand. Il ne fallait pas avoir le mauvais nez. Les Tutsis avaient la réputation d'être grands avec un nez allongé et fin. Le mien n'était pas particulièrement fin, mais il n'était pas exceptionnellement plat non plus.

Un nez de bâtard. Et au lendemain du massacre de ma famille, je suis sorti de ma maison et pour m'assurer que personne ne me prendrait pour un Tutsi, j'ai gonflé mes narines pour effacer le doute.

Petite complexité à mes circonstances, ma famille a été assassinée par des soldats du FPR[2], l'armée qui se battait pour mettre fin au génocide des Tutsis. Je me pardonne de ne pas toujours avoir été honnête sur l'allégeance de mes bourreaux. Surtout au début de ma carrière. Quand on me demandait qui avait tué ma famille, je répondais que je ne savais pas. Et si c'était à refaire, je ferais la même chose. Évidemment !

---

1. Radio télévision libre des Mille Collines.
2. Front patriotique rwandais.

J'étais le survivant du génocide le plus médiatisé en France, pays qu'on accusait d'avoir soutenu les génocidaires. Je savais très bien comment mon récit allait être récupéré. J'aurais servi d'instrument à tous ceux qui commençaient à expliquer que le génocide des Tutsis était une fiction. Ma musique aurait été l'arme parfaite pour diviser les Rwandais encore plus. Et moi, à vingt-cinq ans, je ne voulais que faire de la musique. Et je voulais tout faire sauf de la politique.

Mon papa était Tutsi mais ma maman Hutu. Et c'est précisément pour ça que mon premier message de commémoration sur Twitter parlait de « génocide rwandais ». C'était pour ne pas oublier ma mère Hutu. Écrire « Un génocide des Tutsis » aurait exclu ma maman de mon deuil. Et ça ne se fait pas, d'exclure sa maman de son récit.

Mais il y a ces champions de la récupération. Quelques Tutsis, plus Tutsis que ceux qui ont tout perdu lors du génocide, sont montés au créneau, allant jusqu'à me traiter de génocidaire. C'est marrant comme ce sont souvent les victimes par procuration qui condamnent le plus radicalement… Il y a même un journaliste belge qui m'a traité de « traître à mon peuple ». J'avais envie de leur répondre à tous par un tweet… « Mais de quoi parlez-vous ? J'y étais, pas vous ! »

Mais on ne parle pas de choses importantes en deux phrases, donc j'ai décidé de prendre le temps dans un livre.

Pour mieux rendre hommage à mes deux parents, l'une Hutu et l'autre Tutsi.

Je suis le fils de deux ethnies en guerre depuis des décennies, mais je serais censé choisir un camp ?

Évidemment que je ne choisirai jamais entre Maman et Papa. Évidemment que je ferai tout, que je m'écartèlerais jusqu'au sang pour faire un pont entre eux, quitte à me faire traiter de génocidaire, quitte à me faire traiter de lâche qui se couche, adopte le narratif dominant et renie son drame pour protéger sa carrière.

De toute façon, quoi que je dise, le 7 avril, je dis une connerie.

Quand je dis : « Mes pensées vont à toutes les victimes rwandaises », quelques Tutsis me répondent : « Les Rwandais… ? Vraiment ? Comment peut-on autant être dans l'aliénation ? Le génocide visait bien les Tutsis ou tu es amnésique ? »

Si je dis : « Pensée aux Tutsis… », les Hutus me répondent : « Quelle honte… renier ainsi la vraie vérité, renier l'ethnie de ta mère… »

Au temps pour moi. Je suis peut-être malade. Mais c'est génétique. C'est la faute à mes parents. Ils m'ont aimé d'un amour qui force à gommer les nez et les frontières.

Je suis un métis noir. Je suis le fruit de deux arbres qui se sont touchés… Évidemment ! Puisque ancrés sous la même terre ! Deux racines se sont embrassées pour en créer une nouvelle. Mais n'est-ce pas comme ça que la nature survit… ? Par le concubinage des souches ?

Je suis l'orphelin de deux races qui se font mal depuis longtemps et pourtant ils ont su me laisser l'amour. Beaucoup d'amour. Des génies ! J'aspire à pouvoir les imiter un jour.

Après le génocide, je me suis dit : plus jamais. Le monde sera mieux. Le monde apprendra. Il y a eu les premières nations d'Amérique, il y a eu l'esclavage des Africains en Amérique, il y a eu la Shoah, il y a eu l'Arménie, il y a eu le Rwanda… Le monde apprendra.

Eh ben non, le monde n'a pas l'air pressé d'apprendre : il y a la République démocratique du Congo, il y a la Palestine, il y a le Soudan…

Les règles du jeu sont les mêmes. Il faut encore savoir choisir sa foutue équipe et lui sacrifier jusqu'à ses fils !

Mais moi, je suis métis.

Et c'est pour ça que je suis obsédé, depuis trente ans, par cet amour bisounours. C'est pour honorer deux parents qui ont su s'aimer sans faire de tri. Jamais je ne choisirai entre Hutus et Tutsis. Jamais. Jamais je ne choisirai entre Maman et Papa. Jamais.

Pas pour une histoire de nez… Ce ne sont que des nez enfin !

Et ce n’est pas que j’ai la morale plus aguerrie qu’un autre. C’est que je n’ai pas eu le choix.

Je suis métis.

Mon petit truc pour aimer même quand il ne faudrait pas.

Je suis un artiste et jouis d'une certaine notoriété depuis plus de vingt ans.

En plus de deux décennies j'ai dû répondre à plusieurs milliers de questions. Et, de toutes, la plus récurrente a été : « Après tout le mal que la vie t'a fait, comment fais-tu pour ne pas la haïr ? »

Je dédie donc, depuis vingt ans, beaucoup de mes solitudes à trouver des réponses. S'il est vrai que dix mille heures dédiées à un sujet rendent expert, j'en suis alors un de la chose. Non pas de savoir comment on fait pour ne pas céder à la haine. Non. Moi, je suis un expert dans la recherche des réponses potentielles à la question.

Je cherche toujours, mais même si je n'ai pas encore trouvé LA réponse, je te promets de ne jamais lâcher… C'est la quête de mon existence. C'est la quête de ce livre. Ces pages remplies de doutes sont une modeste tentative à te demander de l'aide. Pour qu'on cherche ensemble… Pour qu'on arrive enfin à aimer plus, afin de souffrir moins.

Je suis obsédé par la question, donc tu imagines bien que je suis sur quelques pistes.

Je pense même avoir trouvé une réponse.

Ou plutôt la réponse m'a trouvé. C'est plutôt une intuition, informée par ma drôle de vie. Pour aimer plus, il faut passer par LE PARDON.

Quand on est l'enfant de deux branches en bagarre, on apprend vite l'importance du pardon. Comme son sentiment d'intégrité dépend souvent d'une défense systématique et viscérale de ce qui s'oppose, on développe un certain talent pour la nuance. Puisque, à tout moment, on peut se retrouver enfant du diable.

Il faut donc apprendre à le défendre. Mais comment l'avocat du diable trouve-t-il le sommeil ? Eh bien, en se pardonnant.

Pour faire sens de mes contradictions, j'ai appris l'art d'être confortable dans l'incertitude morale. J'ai du mal à avoir la condamnation ferme.

Je n'ai jamais la certitude d'être du bon côté.

Normal… je n'en ai pas, de côté.

Et, il n'y a pas si longtemps que ça, j'ai fait une incroyable découverte. Plus je me pardonnais de trouver des excuses au diable, plus il disparaissait, l'autre…

J'ai donc développé un autre talent : celui de me pardonner en tout temps.

Comme moyen de chasser le mal.

Et le phénomène qui s'est révélé est étonnant.

Si j'ai réussi à ne pas haïr l'humain après tout ce qu'il m'a fait, c'est que j'ai réussi à me pardonner de ne pas avoir réussi à lui pardonner.

Je sais, c'est une drôle de boucle mais… c'est vrai pour moi.

À me pardonner d'avoir si souvent défendu le diable j'ai découvert l'amour pour tous.

C'est un miracle !

Chaque fois que je me suis retrouvé à expliquer à un Hutu que les Tutsis étaient bel et bien les victimes du génocide dont j'ai été témoin, chaque fois que j'ai dû dire, les larmes aux yeux, que ce ne sont pas LES Hutus qui ont massacré des Tutsis mais bien des petits monstres d'humains qui se trouvaient être Hutus. Par la puissance de mes polarités harmonieuses et intégrées, je m'éduquais, sans m'en rendre compte, au pardon.

Quand quelqu'un commence une phrase par : « Tu sais, les Arabes… », je ne peux m'empêcher de m'en faire l'avocat. Je fais pareil pour les Juifs. Pour les femmes. Pour les riches. Pour les pauvres. Pour les Noirs. Pour les Blancs. Je n'ai pas le choix. C'est ma maladie. Et peut-être n'en guérirai-je jamais. Je suis comme ces enfants qui veulent à tout prix que maman et papa reviennent ensemble alors que tout montre qu'ils ne savent plus comment se faire du bien. Je pardonne. Pas parce que c'est bien. Parce que je sais ce que ça coûte quand on ne le fait pas.

Et je pense que c'est ça, mon petit truc pour aimer même quand il ne faudrait pas. Je me pardonne pour pouvoir pardonner aux autres. Comme dans l'avion où on choisit d'abord pour soi un masque à oxygène avant de s'occuper d'autrui. Moi avant les autres afin de pouvoir mieux les servir.

C'est mon unique vrai talent.

Je n'en ai pas d'autres. Je sais me pardonner.

Une autre petite astuce. J'ai aussi compris, depuis peu, que quoi que je fasse et où que je sois, je ne sais jamais faire autrement que de mon mieux. Même quand je fais mal.

Il n'y a pas un moment où je fais moins bien que ce qui est en ma capacité de faire à l'instant où je fais.

J'ai ajouté, depuis quatre ans, une nouvelle corde à mon arc professionnel. Je donne des conférences un peu partout au Québec. Et comme je n'y ai pas encore mis les dix mille heures, il m'arrive de sortir de scène en me disant que j'aurais pu mieux faire. Mon super pouvoir m'a été confirmé le jour où, après une conférence où j'aurais pu avoir mieux fait, j'ai eu l'idée d'engager un dialogue entre ma version A qui, dix minutes avant, avait fait de son mieux, et B, une autre version de moi qui, du haut de la connaissance que le temps lui permettait, me jugeait.

B : Franchement, tu aurais pu faire mieux…

A : Qu'est-ce que j'aurais pu faire de mieux ?

B : Tu aurais pu mieux te préparer. Ça t'aurait évité de perdre le fil à la moitié de ton allocution. Ça t'aurait épargné quelques redondances.

A : Je me suis préparé comme j'ai pu, mais j'étais un peu fatigué…

B : Des excuses, des excuses… Tu n'avais qu'à te coucher plus tôt la veille, au lieu de mettre deux heures sur le débat Jordan Peterson X Sam Harris sur YouTube.

A : Oui, mais c'était pertinent par rapport à ma conférence.

B : Tu aurais pu te passer du deuxième verre de scotch avant de te coucher…

A : J'avais besoin de me changer les idées, je sortais d'un concert, ça me fait toujours ça, la scène, maintenant, tu le sais.

B : O.K. Mais pendant la conférence, tu y es allé un peu fort avec tes idées bizarres sur le vivre ensemble. Tu voyais bien qu'ils n'étaient pas tous prêts. Tu aurais pu mieux lire la salle…

A : O.K., O.K… Alors, si tu sais tellement tout, pourquoi tu ne m'as pas dit tout ça avant ?
B : Je… je… Je ne le savais pas.

Je ne l'ai plus jamais revu.

On ne sait faire autrement que de notre mieux.
Puisqu'à chaque instant de notre vivant nous ne faisons qu'obéir à cette main qui nous pousse sans trop nous donner d'explication. Spinoza appelait ça le « conatus ». Cette force fondamentale qui guide nos actions et nos désirs, ancrée dans nos natures essentielles. Ce truc qui explique que, quelles que soient les circonstances, chaque humain cherche à se maintenir en vie et à augmenter sa puissance d'agir. Ce sont les dispositifs ingénieux que la vie met en place, jusque dans notre corps, afin qu'on ne se laisse pas mourir. La faim, la douleur. C'est aussi cette même force qui m'a projeté de mon fauteuil derrière le divan, qui m'a sauvé la vie en avril 1994. La même force qui fait que, comme disait Camus, le corps recule devant l'anéantissement.
J'ai survécu à une tragédie qui n'a épargné que moi dans une famille de six, et qui a emporté des millions d'hommes, de femmes et d'enfants. À aucune étape déterminante de ma vie, l'idée que nous soyons tous maîtres de nos destinées, et que nous ayons un libre

arbitre, ne m'a été confirmée. Et l'esprit qui m'a le mieux rassuré, qui a le mieux accompagné mes intuitions sur le sens de la vie sur Terre, a été celui du philosophe Spinoza. Un des plus grands esprits de tous les temps. Pour lui, Dieu et la nature sont une même chose. Tout ce qui est, est à sa bonne place. La vraie liberté se trouve quand on comprend enfin que l'intelligence suprême est celle de la nature et qu'il suffit de l'écouter. Exemple, c'est absurde de vivre en hiver comme on vit au printemps… regarde les tulipes ! Bon, ça c'est moins occidental… C'est de moi. Qu'est-ce que je trouve l'hiver inutile !

La nature est Dieu, Dieu est la nature et tout est à sa bonne place. C'est Spinoza qui l'a articulé de la manière la plus complète, notamment dans son chef-d'œuvre *L'Éthique*. TOUT EST À SA BONNE PLACE. Traduction : même quand ça a foiré, eh bien, tout a tout de même été parfait. Et c'est quand on comprend cela que l'on est contraint au pardon. Pour soi d'abord, puisqu'on a agi parfaitement selon les irréfutables lois de la nature, et pour les autres aussi, puisqu'ils ont fait pareil. Spinoza est LE philosophe du pardon et c'est pour cela qu'il est mon plus grand prof de philo.

Tout est toujours à sa bonne place et on ne sait donc pas faire autrement que de son mieux. Sinon on le ferait.

Quand j'ai écrit « génocide rwandais » sur Twitter, c'est le mieux que j'ai pu faire. Quand j'ai écrit « génocide des Tutsis », c'est aussi le mieux que j'ai pu faire.

C'est mon unique commandement. Me pardonner.

L'astuce me permet d'être doux avec moi-même et par conséquent doux avec les autres, de trouver toutes sortes d'excuses valables à nos humanités cabossées et ainsi de nous haïr un peu moins.

Au début de notre relation, Sofia, mon épouse depuis presque vingt ans, trouvait ça préoccupant parfois. Que j'arrive à ne pas en vouloir à ceux qui m'ont fait le plus de mal. À ceux qui m'ont exprimé leur haine de la manière la plus nette. Elle se demandait si ça n'allait pas m'exploser en plein visage un jour. Ses inquiétudes étaient fondées, c'est arrivé à tant d'autres. Mais je n'ai jamais senti que ça allait être mon cas.

C'est que j'ai compris, à l'âge de dix-sept ans, que l'amour et la haine sont en fait la même chose !

Bon, j'en conviens, des deux, l'amour est le plus dur à fabriquer. La haine se trouve plus facilement ici-bas.

Il faut donc commencer par comprendre la haine pour arriver à l'amour.

Mais bonne nouvelle ! La haine et l'amour étant la même chose, il suffit de comprendre l'un pour accueillir l'autre ! Pas mal comme espoir, non ? !

Trente-sept ans après que la vie m'a tout arraché, je peux aujourd'hui conclure que la haine est du même sang que l'amour et donc qu'elle peut avoir un autre destin que celui de nous faire mal.

La haine est violente parce qu'on n'arrive toujours pas à entendre ce qu'elle nous crie depuis le début : « Je préférerais être autre chose, moi… Je préférerais être plus aimable… Si seulement vous m'entendiez ! Mais tant que vous ferez les sourds et tant que vous me laisserez la moindre ouverture, eh bien, je vous montrerai ! »

L'histoire de la haine est pourtant toute simple et nous a déjà été racontée.

La haine n'est pas orpheline. Elle ne vient pas de nulle part. La haine a une mère qui s'appelle Souffrance.

Quand j'étais petit, j'entendais les anciens dire que Mère Souffrance avait un autre enfant qu'elle préférait et qu'elle cachait soucieusement. Il s'appelait Amour.

Les anciens disaient que Souffrance était un peu parano, qu'elle avait la confiance difficile et qu'elle ne parlait pas d'Amour à n'importe qui.

J'étais évidemment au courant pour Amour, mais pendant toute mon enfance, je pensais Haine et

Amour membres de deux familles distinctes et en guerre depuis la nuit des temps. Ce que disaient les anciens n'avait donc aucun sens. Haine et Amour ne pouvaient avoir la même mère.

J'ai changé d'avis trois semaines après mon dix-septième anniversaire. Une nuit d'avril, Mère Souffrance est venue faire sa petite visite chez moi, accompagnée de son fils Haine et ses petits soldats. Les serviteurs de Haine ont criblé toute ma famille de balles. Tout le monde sauf moi.

Il faisait noir et je ne voyais pas très bien, mais j'ai cru entrevoir à travers le corps translucide de Souffrance la silhouette flottante d'un autre enfant.

Les anciens avaient donc bien raison ! Souffrance a un autre enfant. Mais comment savoir que c'est bien Amour et non un frère jumeau de Haine ? Il fallait que je sache.

Je me suis alors rappelé de ce que disaient les anciens. « Mère Souffrance est parano et n'a pas la confiance facile. » Et si le fils Haine était celui que Souffrance mettait en première ligne pour les visites assassines. Et si l'autre enfant était bel et bien Amour. Il fallait que je sache. Alors je me suis dit que peut-être, pour faire parler Souffrance, il fallait gagner sa confiance.

J'ai pensé qu'il fallait peut-être, pour gagner son amitié, commencer par la respecter. En la saluant d'abord. En acceptant qu'elle existe. En lui disant qu'elle n'est pas que destructrice. Lui reconnaître une certaine utilité.

Lui accorder un peu de dignité.

Et c'est alors que Mère Souffrance m'a révélé sa vraie nature. Elle m'a dit : « Je suis la discrète gardienne de tes plus grands enseignements. »

Et c'est aussi à ce moment qu'elle m'a révélé son secret le mieux gardé. Elle avait bel et bien un enfant qu'elle appelait Amour. Sauf que, voilà, les anciens s'étaient trompés sur une chose : Mère Souffrance n'a jamais eu deux enfants. Elle n'en a toujours eu qu'un.

Amour et Haine sont les mêmes.

Tout dépend des lentilles ! Et pour une raison que je n'arrive toujours pas à cerner, elle m'a laissé entrevoir, à travers la mort qui sifflait un soir d'avril, l'autre visage de Haine. L'autre visage de son enfant dont elle essaye tant bien que mal de préserver la pureté. Amour.

L'Autre existerait réellement. Et c'est ça l'idée qui tue.

J'ai eu mon lot de souffrance et il me semble que souffrir coûte bien trop cher pour que ce soit en vain. Ça doit pouvoir rapporter un peu…

Tant qu'à souffrir, profitons-en, non ?

C'est ce que j'ai fait lorsque, il y a plus de vingt ans, j'ai écrit mon premier album *Parce qu'on vient de loin*. J'ai tout perdu à dix-sept ans. Famille, patrie. En une seule nuit. Il a suffi de quelques minutes, quelques colères accumulées et pouf ! Une destinée entière altérée.

Alors, six ans plus tard, j'ai fait parler cette souffrance, fait payer mes calvaires. J'ai trouvé œuvre utile à un cœur qui saignait. Et ça m'a plutôt bien servi.

Mais rien n'est plus têtu que l'haleine de ce qui nous a fait mal. De temps en temps, elle revient de nulle part, cette odeur qu'on pensait finie.

Ce relent, c'est fourbe comme une neige québécoise au mois de mai. Il ne faut jamais baisser sa garde.

Moi, chaque fois qu'un bouquet d'une vieille douleur se pointe, je concocte très vite un plan pour en tirer profit.

C'est ma résilience à moi. Rendre mon mal utile.

Puisque de toute façon avoir mal est inévitable.

Une vie sans catastrophe n'en est pas une. Sans souffrance, on ne saurait pas qu'on vit. « J'ai mal, donc je suis », aurait dû dire l'autre…

Une bonne vie, c'est une séquence d'instants où l'on se rend compte qu'on ne souffre plus. Se dire qu'on est mieux parce qu'on se rappelle avec clarté du temps où ça n'allait pas.

Vivre, vraiment vivre, c'est souffrir et s'en souvenir.

La souffrance collant obstinément à la peau de nos existences, quel gâchis de passion que d'essayer de l'éliminer ! On a pris l'habitude de dire que la souffrance ne sait rien faire d'autre que d'être violente. Mais ça, c'est à son état brut ! Après polissage, ça peut servir, cette affaire.

Comme tout dans la vie, c'est donnant donnant.

Une fois qu'on reconnaît Mère Souffrance sans trop lui en vouloir, elle nous le rend bien. C'est quand on embrasse sa douleur qu'elle cesse de faire sa mesquine.

Je prends ça très au sérieux. Rendre ma souffrance utile. J'y dédie, depuis mes dix-sept ans, au moins la moitié de mes pensées. Une forme d'obsession.

Non. Une obsession. C'est donc un domaine dans lequel, j'ose m'en vanter, j'ai développé une certaine expertise.

Mais pour se lier d'amitié avec la souffrance, il faut commencer par bien la connaître.

Mère Souffrance a elle aussi des origines. On trouve à la base de chacune de nos souffrances un nœud complexe de racines.

Mais il existe quand même une source mère à toutes nos souffrances. Une nuit d'avril en 1994, la vie me l'a signifié avec violence, histoire que ça me rentre bien dans le crâne.

À la source de toutes les misères humaines, il y a cette idée : nous serions, chacun d'entre nous et sans exception, des êtres uniques, distincts les uns des autres. Nous serions des individus.

L'Autre existerait réellement. Et c'est ça, l'idée qui tue. C'est l'idée qui a tué mon père il y a trente ans. C'est donc l'idée que j'aimerais tuer.

Je me pardonne de ne pas savoir d'où je viens.

Savoir d'où l'on vient. Quelle dictature !

Choisir son origine première, le lieu où son âme aurait été fondée. Je résiste à cette tyrannie depuis ma naissance. D'accord, je l'avoue… Ce n'est pas par militantisme, c'est juste que ma vie ne m'a pas trop donné le choix.

Je suis né un peu comme tout le monde, par éviction. Un 24 mars 1977, à Fribourg-en-Brisgau, une petite ville dans le sud de l'Allemagne, ma mère en a eu assez et m'a montré la sortie.

On ne le dit pas assez mais, quand même, c'est une petite violence, la naissance… Je ne m'en rappelle pas du tout, mais j'ai l'impression que le plus heureux de mon existence a dû se passer dans le ventre de ma mère. À en croire mon parcours de vie, ça aura été ma première et dernière vraie patrie.

Après neuf mois dans l'eau bénite, ma mère m'a expulsé. Et depuis, je ne cesse de chercher un autre chez-moi. J'ai failli le trouver. Dans l'Allemagne de ma naissance, d'abord.

Le projet fut interrompu lorsque, quand j'ai eu six ans, mon père m'a dit : « Conny ! On va enfin chez nous ! » Étrange...

On ne retourne que là où on s'est déjà trouvé normalement. Jusque-là, j'avais toujours pensé être allemand. Mais bon... À six ans, on n'a ni le verbe ni le pouvoir d'achat pour contredire son père.

Arrivé au Rwanda, le chez-moi de Papa, les enfants de son village m'ont trouvé un sobriquet. Ils m'appelaient le « petit Blanc ». Et, rappelle-toi, 8,5 sur 10 à l'échelle de mélanine. Deuxième expulsion. Mais grande leçon en même temps.

Par « petit Blanc », les petits copains du village paternel voulaient en fait dire « petit garçon imposteur en déguisement négroïde mais à la substance européenne ».

À six ans, déjà, le Rwanda me mettait dehors pour trahison par complicité de mœurs avec le colonisateur. La sentence venait de m'apprendre la plus grande leçon en matière de vivre ensemble : les critères de division entre nous, humains, sont des constructions arbitraires complètement déconnectées de la scientifique nature des choses. (Science elle-même arbitraire, puisqu'elle ne trouve son autorité que dans son époque.) On donne aux mots le sens que nos traumas veulent bien leur accorder.

À dix-sept ans, à nouveau « mon » pays m'a mis dehors. Troisième éviction !

Plus violente que les deux précédentes, celle-ci.

Bien avant que j'arrive dans le village de mon père, des hommes d'Église venus d'Europe, au nom de la bonne parole, avaient convaincu les uns qu'ils étaient supérieurs aux autres.

Division par instauration de la plus efficace des jalousies, la jalousie fraternelle. C'est un vieux truc de conquérant.

Et nous voilà partis pour un infatigable cycle de haines entre sœurs et frères qui a culminé à un massacre de plusieurs millions en 1994. Le massacre continue à ce jour. Il s'étend aujourd'hui jusqu'à nos sœurs et frères de la République démocratique du Congo.

Parmi ces millions se compte ma famille entière.

Après le Rwanda, j'ai trouvé refuge en Allemagne, chez Jean-Pol et Marianne, un couple samaritain, ami de mes parents, qui m'a accueilli et m'a donné une seconde chance à la vie. Bonne nouvelle ! Ça existe encore de pareilles gens !

Sauf qu'en dehors de cette nouvelle tente d'amour, tout dans cette Allemagne retrouvée me renvoyait, elle aussi, comme les enfants du village paternel, à un ailleurs. L'Allemagne de ma naissance trouvait que j'avais pas mal changé. Tu m'étonnes… J'avais muté ! J'avais goûté aux racines ancestrales. J'avais mordu au fruit de tous les débuts : l'Afrique. Je n'allais évidemment jamais en revenir.

J'ai poursuivi mes recherches qui m'ont mené à traverser l'Atlantique. Je me suis arrêté à Montréal.

L'homme y a trouvé son compte. Mais pas l'artiste.

Il a fallu attendre la France pour que ma musique trouve son foyer.

Depuis l'expulsion originelle, je cherche à mon âme un domicile fixe. Plusieurs fois j'ai été proche du but. En Allemagne d'abord, au Rwanda ensuite puis enfin au Québec et en France.

J'ai manqué le rendez-vous chaque fois.

Je le cherche encore, mon pays. Mais je commence à comprendre qu'il se paye peut-être ma tête, le sans-cœur. Il s'éloigne, et de plus en plus, à mesure que je cherche. Je tourne en rond. J'envie parfois les gens qui, avec foi, clament « mon pays ! ». Je ne sais pas le dire. J'en ai plusieurs, donc aucun.

J'ai réussi bien des choses dans ma vie, mais je suis incapable de trouver un toit permanent à mon identité.

Mon « moi absolu ». Mon « moi suprême ».

Ça ne doit pas être si compliqué pourtant…

Des milliards de gens semblent savoir d'où ils viennent…

Pourquoi pas moi ? Comment font-ils, les autres ? Ils sont pourtant venus au monde par éviction, eux aussi ! Ça ne les a pas empêchés de se refaire un autre nid.

D'accord, j'ai pas mal bourlingué, de terre en terre, de langue en langue, peut-être plus que la plupart, mais quand même… Après quarante-huit ans sur terre, on doit être fichu de connaître son « moi suprême » !

Il y a de ces phrases qui, dans la bouche des autres, fâchent. Des phrases pièges. Car elles nous forcent à découvrir ce qui cloche en nous. Parce qu'elles nous pointent du doigt avec un jugement écrasant.

Je déteste lire : « Il faut savoir d'où l'on vient pour savoir où l'on va. »

Par « d'où viens-tu ? », on veut généralement renvoyer à un soi prioritaire, qui serait au-dessus de tous tes autres toi. « Qu'es-tu encore plus que tout le reste te constituant ? »

La question force une réponse rapide. Il ne faut pas hésiter, sinon on passe pour un égaré, un fragile, incapable de tenir son bout, de choisir.

Eh bien moi, je suis désolé, mais je ne sais pas… Je ne saurais vous dire d'où je viens. En tout cas pas avec précision. À la limite, après une bonne nuit de sommeil, je peux te dire avec plus ou moins de précision où je désire aller. Mais d'où je viens… ?

Les autres semblent savoir. Assez pour se battre, aux mots, à feu et à sang, au nom de leur « moi suprême ».

Les autres semblent certains de savoir d'où ils viennent et qui ils sont.

Pardon, mais moi, plus le temps passe et moins j'en sais sur mes racines.

Bon, en même temps, je ne les trouve pas bien plus épanouis, certains de mes frères et sœurs qui SAVENT.

Or, si le « moi suprême » ouvre sur tous les succès sauf l'épanouissement, au sang que ça coûte… C'est peut-être pas le Graal que ça se dit être.

Plus le temps passe, plus je perds espoir d'un jour trouver mon « moi suprême ».

Dilemme. Si j'arrête la quête, le monde m'en voudra et si je continue, je me fais mal.

Dieu merci, je sais au moins mon « amour suprême ».

Je sais les âmes que j'aime plus que les autres.

Elles sont quatre. L'âme d'une femme que j'ai rencontrée il y a vingt ans, une petite fille de neuf ans, un garçon de quinze ans et moi.

Je sais ce que j'aime. Je sais ce qui me rapproche d'un certain bonheur.

Par exemple, ce matin, il ne pleut pas. Il fait beau.

À l'impossible question : « Qu'est-ce qui te rend le plus heureux ? », je pourrais facilement répondre : le soleil. Quand le soleil est voilé, j'ai du mal à être heureux.

Aujourd'hui est un jour où il sera utile d'être heureux car je vais demander à Papa qui je suis. Il faut un minimum de disponibilité émotionnelle pour accepter les réponses possibles à ce genre de questions.

Que suis-je plus que tout le reste me constituant ?

J'ai clairement besoin d'aide.

Mon daron qui est aux cieux.

Il est dimanche. Il pleut. Il pleut timide mais obstiné. Comme le passé.

Je suis aujourd'hui plus vieux que mon père. Ça remet les pendules à l'heure. L'heure de faire le point.

Et comme chaque fois que le temps qui passe me force à en affronter les mystères, je convoque Papa qui est aux cieux.

Papa me manque et la nostalgie est particulière depuis quelques semaines.

Peut-être parce que je me rends compte que je ne l'ai pas vu être père assez longtemps pour être certain de ce que j'imite depuis quatorze ans. Depuis que mon fils aîné est né.

Papa est parti quand j'avais dix-sept ans.

J'ai le mal d'un père qui n'est plus et, comme toute peine, je dois en profiter. Pour rattraper le temps perdu, je me l'imagine comme je veux. Je le fais à l'image de mes espoirs pour un monde dans lequel je suis père à mon tour.

Mon père n'est pas tout à fait mort. Ma mémoire le ressuscite à ma guise. Ne sont véritablement morts que les oubliés. Voilà donc comment je profite de la peine causée par un père parti trop tôt.

En le réinventant.

Mon Papa était un original. Ingénieur électricien formé à l'université TU[1] Berlin, il était aussi un grand tête en l'air. Jean-Pol, mon père adoptif et son ami de toujours, me dit souvent qu'il était capable de concevoir une centrale nucléaire dans les moindres détails, mais pas foutu de changer une ampoule dans la maison. C'était un intellectuel qui aurait voulu être un artiste. Il était un grand mélomane. Si j'ai fait de la musique dans ma vie, c'est qu'il m'a fait écouter Mahalia Jackson et Johnny Cash à l'âge de onze ans, au Rwanda, à une époque où le Rwanda n'avait même pas sa propre chaîne de télévision.

Il était le deuxième enfant d'une famille de sept, le plus diplômé et, à la fin de sa vie, le plus aisé financièrement et pourtant, malgré tous ses efforts pour briller, il n'a jamais réussi à devenir le préféré de sa mère.

Papa devait avoir son lot de traumas qu'il n'a jamais partagé avec moi mais que je devine aujourd'hui.

---

1. *Technische Universität.*

Donc, pour être très honnête avec toi, chère amie, cher ami, j'ai beau avoir logé Papa au paradis, il reste toujours un homme… Un daron africain qui parle avec le ton imbu d'une autorité que son diplôme et ses victoires sociales lui donnent. Mais il connaît désormais les mystères de l'après-vie, il est mon père, il me manque douloureusement, je gagne donc à l'écouter.

Et pardon si je dis « le paradis », c'est que toute mon enfance on m'a dit qu'il en existait un… J'ai grandi dans un Rwanda essentiellement catholique et, pendant toute mon enfance, on m'a répété qu'il n'existait que deux options après la mort : l'enfer ou le paradis. Je ne vais quand même pas foutre mon papa en enfer, lui qui est loin d'avoir été le pire des pères. Peut-être existe-t-il d'autres domiciles pour les morts… Peut-être que la mort est la fin de tout. Mais pour mieux vivre avec la peine d'un père qui me manque, je le loge dans un monde où, paraît-il, les morts se portent encore mieux que de leur vivant.

Papa vit donc, depuis le 15 avril 1994, au paradis. Avec ma mère, Pascasie, mes deux petits frères, Christian et Florian, ainsi que ma petite sœur, Delphine.

Ils m'ont été amputés par la plus vieille des maladies : une carence aiguë d'amour.

Des hommes depuis trop longtemps mal-aimés sont venus chez nous, ont tiré sur tout le monde à la kalashnikov. Ils ne m'ont pas vu. Ce n'était pas mon heure, comme on dit. J'ai déjà raconté cette scène de ma vie dans un autre livre[1]. Pas vraiment le genre de scène qu'on a le goût d'écrire plus d'une fois.

Ce qu'il faut surtout retenir ici est que mon papa vit au paradis depuis trente ans. C'est donc un lieu qu'il connaît très bien. Et c'est le lieu, me dit-on depuis mon enfance, où toutes les questions trouvent réponse.

Et Dieu sait que de son vivant, on ne fait que ça. Accumuler des questions sans réponses.

Alors, tu vas me dire : « Quand même, n'est-il pas malhonnête de nous raconter ton père en héros et en retraite au paradis ? Qu'est-ce qui te dit qu'il n'est pas en enfer ? N'imagine-t-on pas souvent nos parents disparus mieux qu'ils ne l'ont été vivants pour mieux se supporter soi-même ? »

Ce n'est pas fou… Après tout, la meilleure image de moi est surtout constituée des belles histoires que je me raconte sur mon père. Il est mort quand j'avais dix-sept ans. Je n'étais encore qu'un enfant. Je n'avais pas encore l'âge de la témérité qu'il faut pour oser voir son père pour ce qu'il est : un petit garçon qui joue au grand depuis si longtemps qu'il a fini par croire qu'il a grandi.

1. *Là où le soleil disparaît*, XO Éditions, 2016.

J'ai donc le luxe, aujourd'hui, de me l'imaginer comme bon me semble. Quand je ressens le besoin de me sentir moralement au-dessus du lot, de me dire que « je suis une bonne personne, moi ! », je me dis que c'est d'autant plus vrai que je n'en ai pas eu le choix. Je suis génétiquement un homme bien. Je suis génétiquement du bon côté des choses. Puisque mon père l'était. Il l'est toujours, d'ailleurs, puisque c'est ainsi que je décide de le construire.

Bon, d'accord, élever mon géniteur au rang des dieux m'aide surtout à ignorer les zones d'ombre qui dorment en moi.

Tu aurais donc le droit de m'accuser de mauvaise foi lorsque j'imagine Papa au ciel avec Mandela. Mais je te rassure, tu vas voir, Papa a beau être au paradis, il n'a rien perdu de son humanité.

Viens, on l'appelle, j'ai sa ligne directe.

Il a fait de toi son ennemi.

— Salut Papa, j'ai une question.

— Salut fiston ! Attends deux secondes, ta mère me parle en même temps…

— Embrasse Maman de ma part. Elle me manque.

— Je n'y manquerai pas. Je t'écoute…

— Je t'imagine au paradis, mais quelqu'un vient de me dire que si ça se trouve, tu es en enfer…

— L'enfer n'existe que chez vous, fiston. Quand les humains quittent votre petite planète, ils arrivent tous au paradis. Même les humains ayant commis les pires atrocités. Ils sont tous ici. Ce que vous appelez mourir est en fait un retour à la patrie.

Je ne sais pas s'il est au paradis mais il n'a certainement plus les pieds sur terre…

— Pardon… ?

— Mais bien sûr ! Et c'est d'ailleurs pour ça que vous restez si petits face à la souffrance. Vous souffrez parce que vous avez oublié qui vous êtes… Et vous avez oublié votre super puissance.

Je l'interromps.

— Attends Papa, trop d'informations... Qui sommes-nous, quand est-ce qu'on l'a oublié et c'est quoi cette super puissance ? Et surtout c'est quoi cette indécence... ? Mettre des méchants au paradis ?

— T'énerve pas petit, je t'explique. Vous êtes UN. Vous l'oubliez dès que vous venez au monde, à petit feu d'abord jusqu'à l'adolescence et ça dégringole à l'âge adulte. Votre super puissance, c'est un amour que vous avez oublié. Quant aux méchants, oh la la... ça n'existe pas, ça ! C'est un truc de Terriens, ça... !

Je ne serai pas au lit avant trois heures du matin, je le sens.

— O.K... Commençons par qui nous sommes... Et parle en français, s'il te plaît, je ne comprends pas le « paradis ». Ça veut dire quoi UN ?

— Contrairement à ce qu'on vous a fait croire, vous n'êtes pas des entités différentes et séparées... Vous n'avez pas d'identités distinctes. Vous n'avez que des tâches complémentaires. Je sais que ça vous rassure de simplifier vos existences, mais je suis désolé, fiston, vous n'êtes que différents fragments de la même pièce. Vous n'êtes pas des « individus »...

Il appuie un peu trop le *n* et les *d*. Papa surprononce quand il veut forcer des mots dans ma tête. Il ne prononce plus, il martèle en séparant et en appuyant excessivement les consonnes. Surtout les

D… Quand il prononce les *D*, sa langue s'éloigne des dents pour presque toucher le palais.

I-n-d-ivi-d-us…

– Vous êtes simplement des petites parties d'un même grand corps qui, il y a trrrrèèèèès longtemps, a été divisé.

Après son classique roulement de *r*, une espèce de vrombissement dix cylindres, il ajoute, solennel et en baissant sa voix d'une octave :

– Vous êtes UN !

Il persiste un peu de vanité humaine au paradis… Il a emballé le mot « UN » d'un effet de réverbération que je ne trouve vraiment pas nécessaire…

– Je comprends la théorie, mais parlons de la vraie vie… Quand je me lève le matin, je vois bien que Sofia est quelqu'un d'autre. Elle est bien séparée de moi. Et je vois « l'Autre » depuis tout petit. J'ai conscience depuis ma plus tendre enfance de faire une expérience consciente séparée des autres. Un exemple concret, tiens : tu me connais, j'ai souvent la tête dans les nuages…

Papa m'interrompt. Sa tessiture a légèrement monté et ça, ça veut dire qu'il sourit. Je me souviens de ce sourire, tendre, creusant de minuscules fossettes dans ses joues imberbes. Des dents toutes blanches de leur contraste avec sa peau foncée. Un grand croissant de lune assis à la verticale sur un visage bien, bien, bien noir… quasi bistre. Le sourire de mon père avait oublié de grandir.

– C'est ce que j'ai toujours aimé chez toi, et tu tiens ça de moi… Tu as toujours été en avance sur ton temps. Déjà, petit, une partie de ton cerveau était dans le « cloud ».

Papa et ses *punchlines*… Et il rit. Et il est fier de son coup. Le rire de Papa non plus n'a pas changé. C'est un rire qui fait des petits. Un rire d'un écho régulièrement rythmé, qui disparaît à l'horizon acoustique et qui résonne encore plus fort une fois complètement éteint. Un rire d'en haut. Un rire de Papa, quoi… Plus encore que son sourire, son rire me manque. Il était tellement plein, tellement satisfait et c'est aussi la seule chose que j'ai vu faire couler ses larmes. Peut-être que c'est parce qu'il s'était tellement interdit de pleurer ses peines qu'il avait dû trouver une autre raison aux larmes de ruisseler. Le passé transpire comme il peut, il faut le laisser faire. Pour survivre, pleurez, de misère ou de joie mais, misère, pleurez !

Je lui laisse encore cinq secondes de gloire supplémentaires et je poursuis.

– Je disais donc, je suis un peu tête en l'air et, ce matin, je revenais de déposer Mila à l'école et je suis resté un peu trop longtemps sans accélérer à un feu vert. Inévitablement je me suis fait klaxonner par un Autre qui me trouvait trop lent… Un gros RAM blanc, trois fois la taille de ma voiture. J'ai senti une décharge colérique de sa part, si brutale et si soudaine qu'elle ne pouvait provenir que d'un corps étranger… Il a fini par changer de voie. Ensuite, pied au plancher pour me couper à droite ! Il n'a pas baissé la fenêtre, n'a pas dit un mot. Il m'a juste fait un doigt d'honneur. Ma conclusion : il me détestait. Il m'a dépassé, je l'ai vu s'éloigner. Je lui ai volé trois secondes de sa vie, il m'a vu, il m'a détesté et on est passé à autre chose. Je ne l'habite plus et lui ne m'habite plus non plus. Je ne le verrai certainement plus jamais. Il m'a oublié et moi, à mon tour, je l'aurai oublié d'ici dix minutes, dès que j'aurai fini de t'en parler. Il n'a jamais été, n'est pas, ne sera jamais une extension de moi. Il est un Autre.

— Mais bien sûr qu'il est ton extension. Tu as bien vécu une réelle expérience, non ?

— Oui mais…

— Attends… L'expérience était assez marquante pour que tu la partages avec ton père mort depuis trente ans, non ?

— Oui mais…

— Bon.

Je me rappelle du « bon » de Papa. Ferme, supérieur, calme mais arrêté. L'autorité en trois lettres.

Ça, ça me manque un peu moins.

— Je vais essayer de te donner le grand portrait.

Il prend une respiration pour adoucir sa énième impatience. C'est pour ça que les parents sont parfois les pires enseignants ! Toujours fâchés qu'on ne sache pas d'avance ce qu'ils sont sur le point de nous apprendre. Et le jour où ils n'ont plus grand-chose à nous enseigner, ils nous en veulent de les avoir rendus inutiles !

À son meilleur, le parent est un bienveillant schizophrène. Je suis coupable de la même maladie. Mais au moins, moi, ce n'est pas ma faute. C'est celle de mes parents.

On répète souvent cette phrase : « La vie est bien faite. »

Pas toujours… Elle est truffée d'incompatibilités auxquelles il est impossible d'échapper. Le lien entre un parent et son enfant par exemple… Sur cette affaire, le Créateur a un peu manqué de rigueur.

Papa a retrouvé son calme.

— Que disais-je… Ah oui ! Le grand portrait… Et écoute bien parce que ça, c'est la première chose qu'on t'apprend quand tu arrives ici. Voilà, dès que vous venez sur Terre, vous comprenez très vite que face à la nature vous ne faites pas le poids. Elle est plus robuste et plus intelligente que vous. Ça vous prend une plombe pour savoir marcher, vous ne faites pas le poids devant la gravité, même comparés aux autres animaux, vous êtes tous un peu aveugles, sourds et malentendants... Vous venez au monde la trouille au ventre, pour vous retrouver dans les bras de gens qui ont encore plus la trouille que vous... Les adultes, éternels amnésiques... Ayant oublié de quoi vous descendez réellement, et conscients d'être complètement dominés par votre habitat, vous avez dû vous inventer un ennemi à votre hauteur, à votre image, pour vous faire l'illusion de maîtriser au moins quelques parcelles de vos existences et ainsi celles de vos progénitures. Alors vous vous êtes trouvé un truc. C'est là que vous avez inventé « l'Autre ». Toute une invention ! Grâce à ça, vous arrivez à vous faire croire que même si vous êtes dominés par une nature trop puissante, il existe au moins un ennemi à votre taille. L'Autre. Ce monstre rusé, qui prend le visage humain pour mieux s'approcher de sa proie. Mais heureusement, vous dites-vous, nos yeux d'humains peuvent le voir, le sentir s'approcher, puisqu'il se déplace à la même vitesse que nous et qu'il n'a rien de surnaturel. Contre lui au moins, contrairement à la nature dont vous n'êtes capables que de vous protéger en vous abritant, vous pouvez livrer bataille. Quel soulagement ! Quel salut que d'avoir au moins un ennemi qui nous ressemble ! Qu'on peut comprendre. Il sera désormais celui à qui on fera le plus attention.

— Tu veux dire qu'on a inventé l'Autre pour survivre à notre impuissance face à la nature ? C'est aussi basique que ça ?

— Aussi basique que ça, fiston ! Et pour revenir à ton ami du feu vert, ce matin, eh bien lui s'est servi de toi et toi de lui.

— Qu'est-ce que tu veux dire ?

— Je vais te raconter ce que tu ne sais pas. Ce gars-là s'appelle Jérôme. Il est marié, père de trois enfants. Il a appris hier qu'il a perdu son boulot. Il venait de s'acheter une belle petite maison à Bois-des-Filion et, avec les taux d'intérêt qui explosent, il ne peut plus se la permettre. Il était cameraman dans une grande chaîne de télé, depuis plus de vingt ans. Son métier lui donnait un sens d'appartenance, un statut social, une raison de faire face aux hautaineries du monde avec un minimum de dignité. Hier il a perdu tout ça. Ce matin, il était en retard pour un rendez-vous d'embauche lorsqu'un tête en l'air en Audi a menacé sa chance de réparer son orgueil battu par les dieux de l'économie. Son seul recours fut de rattraper le temps avec un coup d'accélération et un majeur droit.

Papa commence à piquer ma curiosité.

— O.K... ? Et donc ?

— L'ennemi dont il pensait devoir se protéger à ce moment était celui qui se trouvait entre lui et son destin de père digne, prêt à tout pour sauver sa famille d'une récession… Son ennemi ne pouvait pas être la récession, ça, c'est comme la nature, c'est impossible à dompter… Donc il a fait de toi son ennemi. Pratique. Tu étais là et à sa taille. Il s'en est pris à toi en se disant que le bruit de ses 395 chevaux et son doigt d'honneur suffiraient pour te faire mal. Après tout, c'est toi qui as commencé… en te mettant entre lui et sa dignité. Et il peut te remercier ! En trois secondes, tu venais de mettre à la place d'une récession un antagoniste à sa hauteur. Il s'en est sorti rassuré, fort, augmenté même, puisque par ce geste il avait réussi, a-t-il pensé, à empêcher qu'un Autre ne lui enlève son permis de papa. Il s'est servi de toi pour se faire croire qu'il était encore capable de protéger les siens.

– O.K., admettons…

– Et toi, fiston, je ne sais pas ce qui ne va pas chez toi en ce moment, mais tu as eu le besoin de te servir de lui aussi. Toi aussi tu avais besoin de ton Autre. Il t'a permis de survivre à tes insécurités en t'offrant l'occasion de te sentir supérieur.

– Mais…

– Chut, laisse-moi finir. L'Autre, c'est tout simplement tes limites dans un miroir embué.

– …

– L'Autre, vous vous l'êtes construit, tous les deux à parts égales, en même temps, pour tolérer cette intemporelle gifle : vous, humains, aussi « espèce supérieure » que vous êtes, ne maîtrisez rien !

Je suis forcé d'admettre qu'il dit quelque chose…

— O.K., je pense avoir compris ce bout-là… Mais cet amour dont tu parles, alors ? Parce que je veux bien retrouver cette super puissance, on le veut tous ici-bas, tu peux me croire. J'aime Sofia et tes petits-enfants plus que tout au monde. Si quelqu'un leur fait mal ou présente un danger pour eux, je ne peux trouver d'amour en lui/elle puisqu'il/elle n'en a pas pour moi. Il n'y a d'amour possible que pour ceux qui en ont pour nous aussi, sinon nous sommes des proies en marche aveugle vers l'abattoir, non ?

Papa soupire. Il s'impatiente à nouveau…

— Désolé de perdre patience. C'est que tout ceci me semble si simple, si évident depuis que nous sommes ici…

Ce « nous » qui ne parle plus de moi, ça c'est une intemporelle gifle. Papa semble ne pas m'avoir entendu penser et poursuit.

— Écoute… L'amour dont je te parle, votre super puissance, est tout simplement la reconnaissance de l'Autre comme l'extension de soi. Et ceci est vrai dans l'espace comme dans le temps. Rappelle-toi que je t'ai dit que vous n'étiez que des petits fragments d'un plus grand corps avec des fonctions complémentaires. Je dirais même indispensables à l'existence des uns et des autres. L'Autre étant un complément de toi, il est donc aussi toi. Jérôme, le gars au feu vert de ce matin, par le don de son incongruité, t'a élevé et est devenu ton improbable allié. Il t'a complété. Quand un humain faillit, il révèle en même temps la faiblesse des vertueux, puisqu'ils en profitent. Il en prendrait un coup, ton statut moral, si tu te rendais compte que tout le monde est aussi vertueux que toi ? Si l'Autre n'existait pas, à qui te comparerais-tu pour te rappeler que, toi, tu existes dans le vrai monde, c'est-à-dire, ailleurs que dans ta tête ? Autrement dit, sans Jérôme et les autres, tu douterais de ta conscience, tu douterais jusqu'à ton existence. Sans Jérôme et les autres, tu n'es pas. Et qu'est-ce qui peut t'empêcher d'être par son absence à part… toi-même ? L'Autre comme vous l'entendez sur Terre n'existe que dans vos mécanismes de survie… Il n'est en réalité qu'une partie de vous-mêmes, indispensable à votre sensation d'être des êtres conscients. Et c'est d'ailleurs le fait que vous avez encore besoin de l'Autre comme béquille du conscient qui prouve que vous n'êtes pas du tout conscients.

Il est encore trop tôt pour lui donner raison.

Je persiste dans mes élans terrestres. Je me sers un verre de Lagavulin pour tenir la route.

– Donc, si je résume, l'Autre est une astuce imaginée par l'humain pour se faire croire qu'il contrôle minimalement les choses, et ne serait en fait que l'extension de nous-mêmes et donc nous-mêmes par extension, et quand un homme tue et torture dans l'est de la République du Congo, c'est aussi moi qui commets cet acte, puisqu'il me complète, car en exprimant sa barbarie, il me réconforte dans mon humanité et nous nous retrouverons tous au paradis, notre patrie originelle, pour retrouver la mémoire ainsi que l'état humain originel, le Tout dont nous serions tous des petites parties constituantes. C'est ça ?

Papa jubile !

— Passy ! Passy !

Son euphorie est totale lorsqu'il appelle Maman.

— Passy ! Il a compris ! Il a enfin compris !

— Ça n'a aucun sens.

Je le dis sèchement. Avec l'autorité qu'à mon tour, ma paternité souveraine me procure.

Un long silence s'ensuit.

Je profite de son dépit.

— Papa, peut-être qu'au paradis, et d'ailleurs je commence à sérieusement me demander si tu y es vraiment, ce genre d'allégorie satisfait, mais ici-bas, on ne vit pas comme ça… Quand je dis « je t'aime » à mon fils, il comprend bien que c'est son père qui l'aime et pas le père d'un autre. Quand il apprend que les parents d'un de ses amis ont divorcé, il ne me dit pas : « Papa, c'est toi ou maman qui aura ma garde ? » puisqu'il comprend très bien que ce n'est pas sa vie qui vient d'éclater en mille morceaux mais bien celle de son ami. Un Autre. Il se dit bien : « Fiou… une chance que ce ne soit pas moi. » Mais bien un Autre. L'Autre ici est bien réel.

— Mais c'est exactement ce que je te dis ! Merik ne pourrait pas se dire « fiou ! » sans l'épreuve de son ami. Il est soulagé car ça ne lui est pas arrivé à lui, mais… c'est quand même passé près. Il ne peut éprouver le soulagement que par le désarroi d'un autre. La vie sur Terre ? C'est une route mal éclairée dans une ville étrangère et le soulagement, c'est la respiration entre les dangers évités. Mais les dangers évités par les uns sont les tragédies des autres. L'ami de Merik, en souffrant à sa place, lui a offert une respiration. J'en parlais hier encore avec Freud. La *Schadenfreude*… Tu parles encore un peu allemand ?

— Il est un peu rouillé, mais je comprends. La joie mauvaise du malheur d'autrui, c'est ça ?

— C'est çaaa. C'est une des fonctions de l'Autre. Encaisser les malheurs d'un autre qui à tout moment peuvent être les tiens.

Un autre silence. Je le sens ému et en colère en même temps. Ému parce qu'il parle de son petit-fils qu'il n'a pas encore rencontré et en colère parce qu'il s'en sent un peu coupable.

Un jour, je lui demanderai s'il pense que je suis orphelin par sa faute.

J'entends Maman lui murmurer quelque chose. La connaissant, pour le réconforter. Lui, marmonne un bougonnement qui ne présage rien de tendre.

Mais à ma grande surprise…

– Écoute fiston…, me dit-il d'un ton étonnamment apaisé.

Mais à mon tour de faire du zèle.

– Tu traites mon fils de sadique maintenant ?

– Pardon, ce n'est pas ce que je voulais dire. Je voulais simplement te montrer que tu gagnerais à ne pas juger la faute des autres en te rappelant qu'ils payent cher pour t'offrir le beau rôle. Sans un camp des mauvais, il n'y a pas de bons. Et tu te vantes d'être bon, n'est-ce pas ? Alors dis merci aux mauvais, tu leur dois tout le luxe de ton arrogance. Il n'y a ni bons ni méchants. L'enfer comme lieu n'est donc d'aucune utilité.

– Le bien serait le mal et vice versa. Les méchants seraient au paradis. Mais qu'est-ce que tu racontes ?!

Je deviens l'ado insolent que je n'ai jamais pu être avant que mon père ne m'abandonne. C'est l'avantage d'être orphelin, on a la possibilité, en tout temps et à perpétuité, d'impunément manquer de respect à son feu père. Ça libère.

– Tu délires, le vieux ! Les pires d'entre nous seraient au paradis ?

Ce que Papa me raconte est absurde.

Mais je comprends ce qu'il fait. Il me provoque. C'est peut-être sa façon de se rapprocher de moi. Créer des tensions de surface. Comme nous ferions si nous étions tous les deux adultes vivants aujourd'hui.

Où alors c'est un sport taquin de ceux qui ne sont plus. Nous piquer de loin. Nous habiter la mémoire depuis leurs lieux invisibles, sachant très bien que nos répliques ne seront jamais de taille. Nous qui avons tout vécu, sauf la mort.

Mais je tente toute de même une contre-attaque.

– Donc les hommes qui sont entrés dans notre maison le 15 avril 1994 ? Qui vous ont forés de balles, ont massacré ta famille presque entière... Jusqu'à ma petite sœur de trois ans ! Eux aussi sont au paradis ? Prennent l'apéro avec toi et Maman, à ma santé... ?

– Mais bien sûr, qu'est-ce que tu crois ? Ce sont nos bons amis ! Ils sont arrivés pas trop longtemps après nous, d'ailleurs. Une absurde histoire de règlement de comptes. L'un aurait piqué la maîtresse de l'autre qui était elle-même l'épouse d'une autre et comme ils étaient tous armés... bref...

Il a beau être mon père, un citoyen du dernier étage, tout ça, il a beau jouer aux quilles avec Hermès, rien ne lui donne le droit de cracher sur la souffrance des vivants.

– Fils… J'entends que tout ça puisse te choquer, mais tu as maintenant l'âge, tu es prêt pour l'éveil ! De toute façon, sache que si tu es le seul à avoir survécu au massacre de notre famille, si les bourreaux t'ont oublié cette nuit-là, ce n'est pas par hasard, et certainement pas pour vivre une vie, comment dire, spirituellement simple. Tu es resté pour tout remettre en question, tout le temps, avec grand appétit, et sans assurance que tu auras ou seras compris…

– Tu dis ça comme si c'était un cadeau. Ça a l'air pénible…

– Ce n'est ni une récompense ni une punition… C'est simplement ce qui est écrit pour ton personnage.

– Mon personnage… ? Mais quel personnage ? Ma vie est vraie et ma personne aussi ! Je saigne, je pense, je pleure de rire occasionnellement, comme toi, je goûte, je suis conscient… Et puis, qui écrit ?

– Tu n'es pas prêt pour la réponse, fils… Tu n'es pas prêt. Certainement pas.

– Bon, en tout cas, passons à autre chose… Cet amour dont tu parles, la super puissance… On fait comment pour y arriver… ?

– C'est simple : vous devez renoncer à tout.

— Renoncer ? À tout ?

— Oui. À tout. Vous déshabiller. Il faut enlever tous vos tristes costumes, là…

— Des costumes… Mais lesquels ?

Il ne peut retenir son soupir.

— Tous ces trucs, là, vos identités et vos valeurs… Tout ce à quoi vous accordez tant d'importance et dont vous n'avez pas les moyens !

Il suspend le mot, certainement en roulant les yeux…

— Vos fichues valeurs ! Probablement le plus traître de vos costumes…

— Nos valeurs ? Mais c'est bien ça, non ? Ce sont nos GPS moraux, sans elles, on n'est pas mieux que les animaux…

— Votre arrogance, hein ! Vous êtes si sûrs de votre supériorité, hein ! Bref… Une valeur, c'est bien quand on a l'humilité d'accepter qu'elle ne pourra jamais être autre chose que le mirage d'un idéal. Mais le problème, avec vous, c'est que vous en avez fait des règles, de vos valeurs ! Comme si ça vous était naturel. Comment voulez-vous vous pardonner si vous exigez de vous ce qui ne vous est pas naturel ? La vérité, comme si ça vous était accessible ! Après, vous vous étonnez de ne jamais vous sentir à la hauteur… La générosité, comme si ça vous était naturel ! L'empathie, comme si ça vous était naturel !

L'intelligence, la vraie, comme si ça vous était naturel ! Et j'en passe... Ah oui ! Le bien, comme si ça vous était naturel. Oh ! Ça ! C'est vraiment le pire : LE BIEN. Oui ! Le bien, il faut abandonner ce projet sans avenir très vite ! Faire le bien, c'est l'arrêté qui vous condamne tous ! Le bien, on peut en rêver. Mais essayer de le faire, arrêtez ça ! Faites donc ce qui vous est naturel. Oubliez ce qu'il FAUT faire. Ce qu'il faut être, ce qu'il faut devenir. Toutes ces bêtises... Autant de prescriptions ! Arrachez-vous tous ces déguisements ! Une fois débarrassés de ça, vous n'aurez même plus besoin de mourir pour venir au paradis. Vous y serez déjà !

Renoncer au bien ? La distance entre terre et paradis commence à trop se sentir, pas sûr que ça vaille la peine de continuer, en tout cas pas ce soir.

— Je ne suis pas sûr d'avoir tout compris, Papa... Et de toute façon je commence à cogner des clous. Mais je ne veux pas m'endormir fâché avec toi. On peut se reparler demain ?

— Bien sûr, fiston, dors bien.

Renoncer au bien ? Ça va m'empêcher de dormir ça, c'est sûr.

— Papa, attends... Juste un truc : le bien, c'est pas bien ? Pour souffrir moins, il faudrait renoncer à faire le bien ?

— Fils, je te sens fatigué, on en reparlera un autre jour, mais je te laisse là-dessus : au nom de quoi penses-tu que les hommes font le pire ?

Et si le bien était bien au service du mal ?

Je n'ai pas cessé de penser à ce que Papa m'a dit. Au prix à payer pour souffrir moins. Pour arriver au pardon de soi. Ce à quoi il faudrait renoncer. Notamment le bien.

Le bien comme commandement, je veux dire… « Sachez faire le bien et bien faire ou vous serez bannis de la cité. » Ce « bien »-là.

Si le projet est d'arriver à se pardonner, ça a du sens de s'interroger sur le bien et sur l'importance qu'on lui accorde. Peut-être faut-il revoir à la baisse la valeur du bien et de tous ses descendants, cette fratrie d'injonctions : faire le bien, le bien faire, le bien être, le bien paraître, le bien penser…

Papa est plus radical. Il dit qu'il faut renoncer au bien.

Je me suis endormi en pensant à sa phrase : « Au nom de quoi penses-tu que les hommes commettent le pire ? »

Il n'a peut-être pas tort, le vieux… Et si le bien était bien au service du mal ?

Je repense au Rwanda. Au nom de quoi ont-ils tué ?

Au nom de leur bien, évidemment. Il faut bien se croire dans la bonne équipe pour justifier sa barbarie.

Les hommes qui m'ont tout pris, les soldats libérateurs du FPR, le faisaient au nom de la libération des Tutsis. C'est bien, la libération…

Les hommes qui, sur les ondes de Radio Mille Collines, appelaient à se débarrasser des « cafards » tutsis, l'ont fait au nom de la préservation du peuple hutu. Préserver un peuple… Ça aussi, c'est bien.

J'entends encore la voix du présentateur éraillée par sa folie et sa haine des Tutsis… « Tuez-les tous ces cafards ! Jusqu'à leurs nourrissons si vous ne voulez pas mourir sous la machette de leurs enfants qui seront devenus guerriers ! »

Papa a peut-être raison sur ce coup-là.

« Au nom de quoi penses-tu que les hommes commettent le pire ? »

L'humain commettrait le pire au nom du bien.

Mais alors… il faudrait par conséquent fuir le bien comme la peste ?

Alors que, de nos jours, me semble-t-il, s'il y a bien une chose à laquelle il ne faudrait surtout pas renoncer, c'est bien le bien ? Renoncer au bien impliquerait automatiquement donner plus d'espace au mal…, non ?

Et quand je pense à avril 1994 au Rwanda, quand j'observe aujourd'hui le monde, au-delà de ma petite banlieue tranquille au nord de Montréal, le mal occupe déjà trop de terrain... Hors de question qu'on lui en accorde davantage !

Mais d'après Papa qui est aux cieux, le mal n'existerait pas en soi. Il serait lui aussi, comme l'Autre, une invention humaine. Si je comprends ce que dit Papa sur la manufacture de l'Autre, le mal serait une autre béquille pour l'âme humaine foncièrement battue par la nature.

Je me demande à quand ça remonte, l'invention de l'Autre. Le premier étranger qu'on a fabriqué.

Je me demande souvent comment ça a dû se passer.

Et surtout qui est le premier marionnettiste ?

Moi, je me l'imagine comme ça : le premier marionnettiste – on va l'appeler Mr M. – devait être un garçon d'une intelligence inégalée mais d'une lâcheté tout aussi grande.

Trop conscient de ses limites face au vent, à la pluie et au soleil, et pour ne pas mourir de peur et d'impuissance, il a inventé un ennemi à sa taille. L'étranger. Une fois la création de l'ennemi achevée, Mr M. doit maintenant le vaincre de la manière la plus définitive possible. Il l'excommunie.

Pour assurer la légitimité de la sentence sur la durée, il en fait loi. L'étranger sera désormais et par la loi *persona non grata*. Mais Mr M. a pour cela besoin du consentement de la cité. Car le marionnettiste est brillant mais c'est aussi un grand paresseux. Il sait qu'un jour il faudra qu'il fasse la guerre à l'étranger qui, inévitablement, voudra forcer un retour. Il a donc besoin de la cité pour cautionner cette guerre afin qu'il n'ait pas à la faire lui-même. Parce que la guerre, c'est beaucoup de boulot. Il faut la préparer, trouver les mots pour convaincre des fils d'aller mourir pour le bien de leurs futures veuves et l'avenir de leurs futurs orphelins…

Bon, ça, c'est dans ses cordes à Mr M. Les stratagèmes, la propagande.

Mais tout le boulot crasse derrière, fabriquer les armes, les porter, creuser les tranchées, ramasser les morts tout ça… Vraiment… trop de boulot. Alors il délègue.

Mais il va plus loin. Car une fois l'étranger anéanti, la nature, elle, elle est toujours là. Le vent, la pluie et le soleil… Ils ne bougent pas et foutent toujours autant la trouille au marionnettiste.

Il lui faut alors inventer un autre étranger. Et celui-ci doit être différent du premier, sans quoi les citoyens vont commencer à penser que l'ennemi est invincible puisqu'il revient tout le temps. Ça va être plus dur de recruter des soldats.

Ça commence à devenir beaucoup de travail pour Mr M.

Inventer un étranger différent chaque fois…

Il dit alors aux citoyens qu'ils ont atteint la maturité. Qu'ils sont maintenant assez sages pour reconnaître eux-mêmes l'étranger.

– C'est facile de le reconnaître, leur dit-il. Il fait le mal.

– Le mal ? demande la cité, mais qu'est-ce ?

– T'inquiète, je t'explique, répond Mr M.

Il rassemble tout ça dans un codex réglementaire qu'il appelle « Morale ». La Morale décrit dans le détail ce qui est dorénavant « mal » pour aider le citoyen à facilement identifier l'ennemi.

Et depuis, dès que les humains sentent la peur face à une nature qui ne perd rien en vigueur, ils ont la liberté de reconnaître, sans l'aide d'un Mr M. en sieste, qui fait le mal, qui enfreint la Morale et qui est donc à chasser de la cité.

C'est très arbitraire et facile à manipuler, comme système, mais au moins Mr M. n'aura plus jamais à travailler de sa vie. Les citoyens savent désormais inventer leurs étrangers.

Pour l'humain et pour survivre à la peur de la nature, l'Autre est l'instrument, le mal est la technologie, la Morale l'éducation.

S'il y a un domaine où l'humanité n'a pas trop progressé, c'est bien la paix.

Je suis toujours sidéré par la constance avec laquelle nous sommes stagnants devant les violences de nos divisions. Nous sommes si incompétents face aux forces qui nous séparent. Et depuis toujours.

Je ne cesse d'entendre des hommes très éduqués, parmi eux certains que j'admire, répéter cette phrase qui m'attaque : « Nous vivons la période la plus pacifique de l'histoire humaine. » Cette affirmation me fâche parce qu'elle est fausse et que ces hommes la prononcent telle une vérité si évidente qu'on n'a même pas besoin de la prouver. Ça irait de soi. Eh bien non ! La période la plus pacifique en Europe, en Amérique du Nord…, oui. Mais pas en Afrique ! Pas au Moyen-Orient ! Comme si le monde se limitait à l'Occident. La violence n'a jamais pris de vacances. Elle change simplement de continent pour se faire oublier sur d'autres.

Quand, en 1994, au Rwanda, je fuyais mon pays sous les mortiers et que des hommes, des femmes, des enfants passaient à la machette et au fusil, par centaines de milliers…, eh bien le reste du monde mangeait dans les mains de Romário et Bebeto à la coupe du monde de foot aux États-Unis. C'était la paix en Amérique du Nord, en Europe…

Chaque jour sur Terre, il y a une guerre quelque part. Nous nous déchirons depuis la nuit des temps et ne savons pas comment arrêter. Parce que de la manufacture de l'Autre nous avons fait notre industrie capitale. Parce que le manichéisme est aujourd'hui monétisé.

Alors peut-être que Papa a raison. Peut-être qu'il y a un changement radical à envisager. Peut-être que si la haine de certains est une constante, l'amour de tous est le remède.

Mais comment fait-on pour aimer l'Autre alors qu'il a été inventé précisément pour qu'on le haïsse ?

Il faut se reconnaître en lui, me dirait Papa.

Je commence à comprendre ce qu'il voulait dire.

Il faut renoncer à tout ce dont Mr M. s'est servi pour faire naître l'Autre. Il faut s'émanciper du codex de Mr M. Se libérer de sa Morale.

Il faut renoncer à son manuel d'instructions.

Il faut renoncer à la science qui y est commandée.

À commencer par le bien.

Quoi d'autre… ?

Si tu as quelques minutes, on va demander à Papa.

— Papa ! Je crois avoir compris. Désolé, ça m'a pris un peu de temps… Mais là, ça y est ! Le bien est une belle idée mais, dans les mains de l'humain, c'est une arme de destruction. Juste… dis-moi, à quoi d'autre devrions-nous renoncer ?

– Ah ! Je suis trop content que tu me le demandes ! Alors écoute bien ! Ce que je vais te dire ne sera pas simple à avaler pour les autres… Prends une paire de gants bien épaisse avant de leur dire.

– OoooK…

– Je suis très sérieux, ça peut te causer des problèmes… Fais attention !

Il en fait peut-être un peu trop, le vieux… Au pire, ça n'intéressera personne. Au mieux, on me traitera de clown… Y a pas mort d'homme.

– Le vieux… ? Tu sais que je suis plus jeune que toi, hein ?

C'est vrai, je ne me ferai jamais à l'idée d'être l'aîné de mon père.

– O.K., O.K… Je t'écoute.

– Alors… Il y a deux choses auxquelles il va vous falloir renoncer si vous voulez moins souffrir : vos identités et vos valeurs.

Mince ! Il avait raison…

T'en penses quoi, toi ? Ça va être compliqué de dire ça aux autres ou pas ?

Car on y tient tant à nos valeurs, nous autres Terriens ! Les costumes requis pour être quelqu'un. C'est le *dress code* qui dicte où va le respect.

Être généreux. Altruiste. Discipliné. Travailleur. Avoir le sens du sacrifice. Être libre. Être vrai. Tout en étant sensible aux sensibilités des autres. Être empathique. Être intelligent. D'autres enfants du bien.

Et nos identités… N'en parlons même pas… Sujet explosif.

Vous êtes les seuls encore enchaînés à votre couleur !

Papa prend une pause. Un peu trop longue. Comme pour mesurer la gravité de ce qu'il va me dire.

– Quand on parlait d'identité, tu m'as parlé du mot « Noir »... Et j'ai envie de te poser la question suivante : « Qui es-tu ? »

Question piège. Parce qu'elle vient d'un père qui m'a bel et bien mis au monde mais qui, depuis plus de trente ans, n'en est plus.

– Je suis ton fils.

– Haha ! Passy ! Finalement, il est peut-être plus futé que je le pensais, notre petit !

C'est touchant de l'entendre vouloir tout partager avec Maman. Je me demande si à la fin, sur Terre, ils étaient aussi proches.

– Bien joué ! Alors allons droit au but. Tu te définis comme Noir ?

– Bien sûr, ça fait partie de mon identité... Et surtout le monde me voit ainsi. Je n'y peux rien. Pour la société et l'Histoire, je suis de cette catégorie de l'espèce humaine.

— Et ça ne te dérange pas que le mot par lequel tu te définis, même partiellement, soit aussi un adjectif pour désigner… tout ce qu'il existe de plus sombre ? Le pire est : « Idées noires ». Des idées qui, ultimement, ne sont bonnes qu'à mener à la fin d'une vie. À l'exception de Schopenhauer, personne ne trouve ça intéressant, le suicide. On s'habille en noir pour enterrer les proches, le noir est obscurité et obscurantisme, le contraire de la lumière qui sauve la terre et les humains, les trous noirs sont le contraire de la vie… Bref, être noir, que tu le veuilles ou non, ça suppose toujours des trucs un peu *dark*…

— Oui, mais Papa, je sais faire la différence…

— Ah, vraiment ? Demande à ton amie neurologue comment ça fonctionne, le cerveau. L'histoire humaine t'a forcé à être dans un état de schizophrénie perpétuel, mon fils… Ton cerveau, une fois de temps en temps, associe ce à quoi tu t'identifies, à savoir ta couleur de peau – qui, soit dit en passant, n'est pas noire –, à l'obscurité, au sombre, au maudit, aux ténèbres, à la malchance. Par opposition au blanc, à la lumière… Blanc qui, soit dit en passant, désigne des gens qui ne sont pas blancs non plus.

— Papa, j'ai plus dix ans… tu joues sur la sémantique, là. On a établi des codes ici. Noirs désigne les Afro-descendants et Blancs désigne les Caucasiens. C'est tout. C'est pour simplifier les choses…

— Peut-être… Mais n'empêche que tu ne dis pas «idées blanches» pour parler d'idées qui tuent. Tu dis précisément «idées noires». Et tu dis bien, «il a été blanchi, mis propre, lavé de ses crimes». Et quand tu dis «idées noires» pour dire «pensées qui mènent potentiellement à la fin d'une vie», il est très difficile pour ta petite tête de reparler de «fierté noire» sans la confondre un peu de temps en temps… La plupart des pensées qui dictent ton mouvement se forment toutes seules dans ton subconscient. Tu as beau penser que tu maîtrises tes idées, c'est plutôt elles qui te maîtrisent.

— Mais si, Papa, je sais quand même faire la part des choses!

— Vraiment? Alors pourquoi cet après-midi, quand tu as posé une question au commis du Rona…

Ça devient agaçant sa surveillance permanente. *Big father.* C'est compliqué de régler ses comptes avec son père quand il sait tout de toi et toi peu de lui. Je le laisse poursuivre.

— Oui…?

— Tu cherchais un filtre pour ton système de ventilation centrale et tu lui as demandé s'il fallait une épaisseur de filtre différente selon qu'on se trouve en hiver ou en été…

— Oui…?

— Et il t'a donné l'impression que tu l'importunais. Il était désagréable…

— Oui… ?

— Tu t'es même dit qu'il avait dû te trouver bête parce que c'est le genre de chose qu'on est censé savoir quand on est propriétaire d'une grande maison… ?

Il est dans ma tête. Il va falloir que je m'y fasse.

— Oui…

— Eh bien… Qu'as-tu pensé ?

J'hésite. Je pense d'abord lui donner une réponse masquée… Mais à quoi bon puisqu'il sait tout.

— Pendant une fraction de seconde, je me suis dit qu'il ne m'aurait pas parlé ainsi si j'avais été Blanc.

— Bravo ! Pour ton honnêteté. Pour ta clairvoyance, on repassera. Il était peut-être raciste, peut-être pas… Mais n'est-il pas intéressant que tu aies préféré la première possibilité plutôt que la seconde ? Ne t'es-tu pas vu « Noir » dans ses yeux ? Mais pas un « Noir » vague, large, qui peut contenir parfois du mal parfois du bon, non… À cet instant, tu t'es vu, donc senti, un « Noir » défini, décrit, raconté par les moins glorieuses pages de l'histoire humaine…

Il a raison. Si j'avais été Blanc, je me serais simplement dit que ce n'était qu'un vieux grincheux, insatisfait de son existence, et qui commençait à avoir hâte de retrouver son fauteuil, sa bière et son match de hockey. Mais comme je suis Noir, j'ai spontanément pensé que ça devait l'embêter qu'un Noir ait les moyens d'un système de ventilation centrale alors que, Noir qu'il est, il n'est même pas assez futé pour savoir quel filtre choisir...

– Tu attribues beaucoup de tes injustices au fait d'être Noir.

La phrase est tombée comme une petite guillotine qui descend mettre fin à mes excuses. Oh non, suis-je un de ceux-là ? Mince... !

Est-ce que je fais ça ? Peut-être... Je pense que oui.

– Mais il faut arrêter, fils ! Tu tombes dans le piège des eugénistes d'une autre époque... Les vrais. Les pères fondateurs du racisme institutionnel. Les détenteurs du brevet xénophobe ! Des gens brillants, hein ! Vraiment ! C'est l'autre là, Galton, un cousin de Darwin, qui a commencé ça... Il parlait d'amélioration de la race humaine... Il allait identifier les caractéristiques biologiques supérieures à reproduire et celles qui seraient inférieures, à décourager. Lui et ses potes nous ont raconté comment, juste avant la révolution industrielle, ayant découvert le trésor qu'était le sous-sol africain, ils ont compris qu'il fallait, et pour des générations à venir, couper aux peuples africains et leurs descendants l'accès à l'universalité. Parce que je vais te dire, fils, toi, comme Noir, tu as un accès limité à l'universalité. Et ça a été soigneusement conçu ainsi.

— Pardon ? Coupé de l'universalité ?

Je sens un gros coup de vertige et j'en ai tous mes axes cognitifs chamboulés.

— Explique, Papa… L'universalité ? Les peuples Noirs auraient l'universalité limitée ? C'est quoi cette bêtise encore ? Je comprends, à l'époque de l'esclavage… mais aujourd'hui ?

Il rit.

— Fils… Tu penses que les peuples Noirs sont libres ?

— Mais quel genre de sottises vas-tu encore me sortir ! Bien sûr qu'on est libres ! Pas totalement bien sûr… Mais plus libres qu'avant en tout cas. Et pas moins libres que d'autres. Je serais encore un esclave, moi ?

— Mais bien sûr ! Les pères du racisme nous ont tout expliqué.

Je chip[1]. Je n'aurais évidemment jamais osé de son vivant mais de son mort… je me permets. Et ça fait plaisir.

— Les pères du racisme ? C'est un groupe de mecs qui, un jour, se seraient assis autour d'une table ronde et auraient écrit les fondamentaux de la xénophobie ?

---

1. Son utilisé dans les communautés afros pour marquer l'agacement, le mécontentement.

Je chip à nouveau. Le chip est plus long cette fois-ci, pour confirmer mon affront. Papa reste calme.

– Suis un peu, le jeune... Ces gars-là étaient brillants de fou ! Mais ils étaient fous aussi. Malades d'une grosse carence d'amour... eux aussi. Ils avaient si peur de n'être pas grand-chose sans leur pouvoir qu'ils ont élaboré un plan pour posséder la Terre tout entière et à perpétuité. Ils ont alors décidé de l'asservir. Et comme c'étaient des hommes de sciences, psychologues, psychiatres, sociologues, anthropologues..., ils savaient très bien comment ça marche, un humain. Ils savaient très bien que le modèle un peu premier degré de l'esclavage allait faire son temps. Tôt ou tard, l'esprit de l'esclave entend l'appel de la rébellion. Tôt ou tard, il finit par se rappeler d'un temps où il était digne et enlève physiquement ses chaînes. C'est inévitable et ces gars-là le savaient. Et de tous les esclaves, le plus important à garder en joug était l'Africain. Son continent était le plus riche et celui qui allait leur assurer une éternité de richesse. Mais, au cours d'un meeting, il y en a un qui a levé la main avec un flash : et si on leur inséminait une idée ? Et si on leur faisait oublier leurs origines ? On va leur faire oublier ce à quoi ils appartiennent naturellement... On va supprimer leurs affinités tribales ! On les séparera en deux équipes. Les Nègres d'Occident et les Nègres d'Afrique. On va en mettre quelques-uns sur des bateaux, on les fera traverser l'océan… Nous les briserons, les forcerons à bâtir un empire auquel ils ne participeront jamais. Ils seront les Nègres d'Occident. On mélangera leurs ethnies au point où ils n'arriveront plus jamais à se comprendre, donc ils seront bien obligés de parler la langue unique des maîtres. Ils ne seront plus Peuhls, Bamiléké… Ils seront désormais « Noirs » d'Amérique.

Et pour ceux qui resteront en Afrique, eh bien on va leur apprendre Dieu et à lire. On va arbitrairement dessiner de nouvelles frontières. On va bien les arracher de leurs solidarités spontanées et un jour on va les lâcher ! Ils seront indépendants ! Et ils seront si heureux de l'être. Mais attention… on garde les fausses frontières, hein ! Et leurs élites seront si heureuses de faire leurs indépendances artificielles qu'elles ne penseront pas à se battre pour réunir leurs familles séparées. Tout ce beau monde n'aura d'autre choix que de se trouver une nouvelle identité commune. L'identité noire. Le noir comme identité politique. Le noir comme contenant fondamental d'une condition sociale. C'est génial ! Ils le feront tout seuls. Ils se déclareront le « peuple Noir ». Ils ne s'en rendront jamais compte mais, en plus, le même mot qui est le contraire de la lumière, du pur, sera le même qu'ils utiliseront pour se définir.

Alors je te l'apprends aujourd'hui, crois-le ou pas, mais le peuple noir n'existe pas. Pas vraiment. Il est comme l'Autre et le Bien : le peuple noir est une invention d'un conseil d'administration. Et pas un qui avait à cœur la liberté des peuples noirs, je te le garantis ! Ni celle des Blancs d'ailleurs.

Ah oui ! L'autre coup de génie ! Les eugénistes ont aussi inventé le Blanc. Une espèce dont les générations futures allaient être tenues en laisse par la culpabilité pour un crime qu'ils n'ont pas eux-mêmes commis mais dont ils jouissent et, par simple acquis de naissance, par les privilèges.

Le Blanc étant biologiquement supérieur, il pourra difficilement en demander plus aux pouvoirs... On lui dira : « Tais-toi ! Ne réalises-tu pas ta chance... Ne vois-tu pas que tu es Blanc ? »

Noirs... Ceux qui ont inventé le concept ne vous voulaient pas du bien, alors pourquoi tant vous y attacher ? As-tu remarqué que vous, peuples dits « noirs », êtes les seuls qui persistez à garder la marque que vos oppresseurs vous ont collée ? Noir. Vous êtes les seuls à vous nommer vous-mêmes du même mot que vos tortionnaires vous ont choisi. Vous êtes les seuls encore enchaînés à votre couleur ! Même les peuples des premières nations américaines, et Dieu sait qu'ils en ont bavé, ne disent pas « peuple rouge » en parlant d'eux-mêmes ! À moins qu'il ne soit un humoriste, tu n'entendras jamais un Chinois ou un Cambodgien dire : « Tu sais, nous, les Jaunes… »

— Bah, il y a les « Brown people »…

— Un autre terme fourre-tout que vous ajustez à votre guise. Les Bruns… Sérieusement… Et même Brun ne vient pas chargé d'autant de mémoire sombre que « Noir ». C'est d'ailleurs pour ça que les Caucasiens anglosaxons arrivent à dire « Brown people » sans trop de malaise. As-tu remarqué l'attitude des Caucasiens quand ils s'apprêtent à prononcer le mot « noir » ? Il y a toujours comme un petit malaise, non ? Comme si par mémoire transgénérationnelle, ils savaient qu'il y a un truc qui cloche avec le terme…

— C'est vrai…

Je souris. Je remarque souvent cette gymnastique. Lorsqu'une personne caucasienne veut dire d'un Afro-descendant qu'il est Noir… « Il y a un gars au boulot… Un… tu sais… Un… *Black…* » Ils savent plus comment nous appeler… Noirs… *Blacks*… Racisés… des gens de couleur…

— Tu as raison, Papa. Et c'est aussi compliqué pour eux, les pauvres…

— Je sais. Mais c'est aussi compliqué pour toi d'essayer de faire la part des choses quand tu interprètes l'intention derrière le mot, lorsqu'il est prononcé…

– T'as pas tort… L'autre jour, j'étais à un match de foot de U9 où Merik était assistant coach. Le maillot de notre équipe était blanc et celui de l'autre équipe était noir. Et une mère dans notre camp n'arrêtait pas de crier: «Les blancs !!! Prenez chacun un noir ! Y a un noir tout seul là ! Attention, y a un noir qui va partir en échappée ! Restez vigilants les blancs ! Chacun son noir ! » Et ça ne dérangeait personne, sauf moi. J'étais le seul parent Noir et j'étais le seul avec un sous-titre différent… Elle, elle ne pensait qu'au maillot. Moi, je pensais à l'injuste histoire de l'humanité. T'as peut-être raison, Papa… Peut-être qu'il faut prendre de la distance avec tout ça… La couleur…

– Bah ouais, fils ! Faut lâcher ce culte ! C'est ça qui garde la main de l'esclavage à vos cous. Tu es tranquille à un match de foot où ton fils de quatorze ans a la jolie responsabilité d'être assistant coach, tu as de quoi être fier, tu es là sur ta petite chaise, le soleil tapant sur ton troisième œil, et tout ce qui retient ton esprit, c'est une dame blanche qui ramène des souvenirs d'un temps que ni elle ni toi n'avez connus ? Tu as manqué l'occasion d'être un père, ce matin-là. Tu n'as été qu'un Noir. Non… vraiment… la politique autour d'une couleur de peau, faut lâcher le projet !

Il a perdu son sang-froid, le père... Mais pardonne-le, il semble encore traîner avec lui quelques aliénations. Il fait partie de ces Africains qui, dans les années 1970-1980, sont allés apprendre dans des universités européennes comment « remonter » l'Afrique. Ça te développe un bon petit syndrome de Stockholm. Je l'entends encore dire, quand quelqu'un arrivait en retard pour un rendez-vous : « Ah, ces Noirs, jamais à l'heure. C'est pour ça que nos pays sont toujours à la traîne… En Allemagne, tout le monde est à l'heure. C'est pour ça qu'ils sont numéro 1 d'Europe. C'est pas sorcier : ils sont ponctuels ! » Ah ! S'il voyait l'Allemagne aujourd'hui…

Pardonnez-le, Papa a en lui un peu de ce Noir aliéné dont parlait le grand anthropologue Cheik Anta Diop. Toute son enfance, on lui a dit : « Pour être vraiment quelqu'un il faut un diplôme allemand, français, belge ou au pire soviétique. »

— Papa, je ne peux pas cesser d'être Noir. Même si je réussis à m'oublier, d'autres se dépêcheront de me le rappeler… C'est ça, la vraie vie ici.

— O.K., mais tu n'en as pas marre de compter le nombre de Noirs présents chaque fois que tu entres dans une pièce ? Et ne mens pas, hein ! Je sais que tu fais encore ça…

— Oui. Je fais encore ça. Je me demande si d'autres le font…

— Je peux te répondre. Vous êtes encore plusieurs à le faire en Occident. C'est un truc de Noir qui sait qu'il est encerclé. En Afrique, personne ne fait systématiquement l'inventaire des Noirs présents dans un lieu… Ça, c'est vraiment un truc de Noir aliéné, perdu, arraché des siens…

Il a du culot ! Je ne peux pas le laisser dire ça impunément !

— Papa ? Tu dis ça comme si j'avais choisi mon aliénation. Tu m'en as transmis une bonne partie avec tes petits commentaires sur la ponctualité et l'autre, bah, c'est la faute à ton pays qui m'a montré la porte ! J'y serais bien resté dans ton Rwanda, c'est lui qui ne voulait plus de moi ! Et puis, je ne dis pas ça pour être méchant, mais tu ne penses pas que tu veux gommer le « Noir » de mon identité parce que TOI tu n'as jamais réussi à complètement aimer le Noir en toi ? Tu veux m'imposer une universalité qui efface alors que moi j'en désire une qui synthétise.

Boom ! Dans ta gueule, Papa ! C'est sûr, il va péter un câble…

— Tu me traites d'aliéné ??? Moi !!! Toute ma sainte vie je n'ai voulu qu'élever la condition des miens ! Toute ma vie ! C'est toi l'aliéné ! Tu en es la définition même !

Il est bien remonté, le père ! Je tempère un peu.

– Je ne te juge pas, Papa, je suis évidemment aliéné moi aussi, évidemment, mais la différence est que moi je le sais et que j'essaye d'apprivoiser cette aliénation pour m'en faire un nouveau pays, qui accueille autant ma négrité, avec tout ce qu'elle comporte de beau et de tragique, que les cœurs et les hivers de ce Québec que je n'imagine pas quitter de sitôt. Je ne rejette rien. Je suis dans la synthèse et toi… eh bien ton absolutisme te trahit…

Il prend une profonde respiration. C'est la première fois qu'il se fait mettre à sa place par son fils. En même temps, j'ai le droit. Je suis son aîné !

Il retrouve son ton calme.

– Je vois ce que tu veux dire… Et tu as raison, j'étais aliéné en effet, je l'avoue. Je dis simplement que vous définir par un terme qui a été inventé par des gens qui voulaient vous asservir pour l'éternité, c'est pas une stratégie gagnante. Ça vous garde toujours un peu… comment dire… à côté du monde. Il est temps que vous dépassiez ce que ma génération a enduré.

Il n'a peut-être pas tout à fait tort. Bâtir une société avec la couleur comme critère d'identité suprême, ce n'est peut-être pas le projet le plus viable…

Mais que je le veuille ou non, moi, désormais Noir d'Occident, moi qui n'ai pas pour projet concret de retourner chez nous, donc Noir-mutant, je suis bien obligé de négocier avec mon aliénation. Je n'ai pas le luxe de n'être qu'une chose et pas l'autre. Je suis bien obligé d'être tous mes voyages et toutes mes histoires, celles d'hier et celles de demain.

J'aimerais bien n'être qu'un homme, avec un accès illimité à l'universel, comme dit Papa. Et je m'y sens plus proche que jamais. Mais en attendant, dès que j'entre sur scène avant de donner une conférence sur le vivre-ensemble, je compte encore le nombre de têtes noires dans la salle.

Histoire de savoir s'il y aura des clients pour mes complaintes spécifiques de Noir-mutant ou s'il va falloir que je m'en tienne à « l'universel ».

On ne naît pas Noir, on le devient…

N'est pas Noir qui veut… Être Noir et le rester, ça se mérite. Même si, contrairement à mon père, je trouve quand même le Noir de 2025 plus libre que celui du XIXe siècle, la liberté noire en est une qui vit dans les limites d'un cadre précis… Celui des conventions noires. On ne naît pas Noir, on le devient… Et une fois devenu Noir, on peut perdre son statut parce que, par manque de vigilance, on est sorti des rangs.

Je parle surtout ici d'une nouvelle espèce de Noirs. Pour la plus grande partie de mon existence, je me sens de la race de tous, mais lorsque je suis acculé par la pression de choisir mon camp, je me sens plus précisément d'une toute nouvelle race: la race du Noir-mutant.

Celui qui s'échoue en Occident, ne sachant pas s'il retournera en Afrique un jour.

Pour le Noir qui est resté sur le continent-mère, la question ne se pose pas de la même façon.

Mais, pour nous Noirs d'Occident, la liberté est régulée par un ensemble de codes qu'il est recommandé d'observer si on veut conserver son permis Noir.

Eh oui, il existe un permis Noir. Et il en faut peu pour le perdre.

On peut perdre des points en épousant une Blanche, par exemple.

On peut aussi perdre des points quand on a un parent Blanc ou, pire, deux parents Blancs et que, culturellement, on ne compense pas à la juste mesure de sa différence. Et puis il y a ces règles sur la colorimétrie qui ne sont pas claires… Comment savoir sa place sur le spectre du colorisme ? Pour être vraiment Noir ? La convention noire est pour le moins floue sur la question.

On peut aussi perdre des points pour délit de déficience rythmique. Un Noir qui ne sait pas danser est une curiosité.

Et ça peut commencer tôt, cette histoire de permis ! En Occident, certains se sont vu refuser le permis au primaire ou au secondaire parce qu'ils aimaient trop lire ou trouvaient que le théâtre, c'était pas mal.

Il faut aimer la bonne musique aussi pour conserver son permis. J'ai fait une bonne partie de mon secondaire à l'école belge de Kigali, alors autant dire que, culturellement, je passais mes semaines entre New York, Paris et Bruxelles. Et c'est à cette époque que j'ai vu pour la première fois le clip de *Are you gonna go my way*, de Lenny Kravitz… Je trouvais qu'une réévaluation de son dossier « permis Noir » aurait été justifiée. Il partait déjà mal, il était à moitié Blanc. Si au moins il s'était mis à faire du gangsta rap pour flouer les cartes un peu… Du rock ! Pour moi, Lenny c'était un cas à repasser le permis !

Adulte, on peut aussi perdre son permis Noir pour ses idées. Pour conserver son permis Noir, il faut être idéologiquement responsable. On ne peut pas penser en roue libre comme ça… Il y a de sérieuses conséquences pour son peuple quand une Noire ou un Noir ne pense pas « Noir ».

Évidemment. Puisque nous sommes « un » peuple, nous aurions le même cerveau. Le même cerveau que, selon Papa aux cieux, des scientifiques blancs d'un autre temps avaient affirmé être moins bien fait que celui des autres.

Encore aujourd'hui, il arrive que des personnes non-Noires, en plus de trouver que nous avons tous les mêmes visages, pensent que nous avons les mêmes esprits.

Au lendemain de la défaite de Trump aux présidentielles américaines de 2020, je prenais une marche avec Sofia, et un Caucasien qui bricolait dans son garage m'a vu et s'est empressé de faire deux pas vers la rue, le poing de la victoire en l'air, pour me dire : « Yes ! On a gagné ! » Je n'ai pas tout de suite compris et, voyant ma confusion, il a ajouté : « Trump. Il est plus là. On a gagné ! » Il devait être quatorze heures et ses joues étaient rouges, peut-être d'une première bière, mais quand même, il y allait un peu vite, le gars. Pour lui, sur la politique américaine, du fait de ma couleur de peau, je ne pouvais être que de son camp, du bon camp. J'étais flatté mais il venait aussi de m'enlever un des grands privilèges qu'ont les nantis : le droit au mauvais jugement. Certains diraient que quand on est Noir, on n'a pas droit à grand-chose et j'ajouterais « ni même à l'erreur ».

Si Papa a raison, si Noir est une étiquette, une façon précise mais artificielle d'être, une condition définie et définissable, un packaging, alors je n'ai pas toujours été Noir.

Je ne suis même pas né Noir. On ne vient pas au monde en étant déjà un concept social, on le devient. Je n'étais pas plus Noir à six ans, au village de mon père, à en croire les enfants qui m'appelaient « petit Blanc ».

Ce qui est intéressant, c'est que, pour les enfants du village paternel, le sobriquet « petit Blanc » était une manière imprécise de m'opposer, non pas aux Noirs en général, mais bien aux « petits Rwandais » qu'ils se savaient être. Pour les petits copains au village de mon père, il n'existait que deux races : les Rwandais et les Blancs. Être Noir n'était pas une identité en soi puisque tout le monde autour d'eux l'était. Le « noir » n'est même pas un concept universel pour tous les Noirs du monde. Dans le village de mon père, ce n'était pas le permis Noir qu'il me manquait. Moi, à six ans, dans le village de mon père, c'est le permis Rwandais que je rêvais d'obtenir.

Quand on vit en Afrique, la condition noire n'occupe pas trop les espaces de vie ni de pensée.

Dans le fond, on ne devient Noir que lorsqu'il devient évident que l'ennemi en première ligne est Blanc. En Afrique, dans la vie de tous les jours, celui qui t'emmerde le plus est toujours un autre Noir. Pour la plupart des Africains, dans l'immédiat, à vue d'œil, le problème est un homme qui vous ressemble et vous écrase impunément. En Afrique, nos « autres », nos étrangers, sont d'abord noirs comme nous.

Je me souviendrai toujours de l'arrivée soudaine de ces réfugiés somaliens au Rwanda en 1993. Ils étaient par centaines, envahissaient nos gares d'autobus et nous dérangeaient. Et je me souviens avoir entendu les commerçants rwandais dont les boutiques donnaient sur la gare centrale de Kigali se plaindre, avec un dégoût assumé : « Qu'est-ce qu'ils nous emmerdent ces gens ! Ils foutent le bordel chez nous et viennent nous salir les gares. Qu'ils retournent chez eux ! » Un an plus tard, ce sont des millions de Rwandais qui mouraient ou fuyaient vers le Zaïre. Moi inclus. Le karma ne rigole pas !

Si le colon européen nous a asservis par la division, nous autres Africains, on s'arrange toujours pour la perpétuer. En Afrique, l'étranger, c'est d'abord un autre Noir. C'est aussi ce que j'ai appris plus tard, entre autres par les conversations entre mes parents et leurs amis. Par les couches de l'identité rwandaise. Mes deux parents étaient tous les deux de la ville de Butare, ville de la première université rwandaise. Les gens du sud avaient un léger complexe de supériorité intellectuelle. Être du sud pour mes parents c'était une couleur. Un soi singulier. Les gens du sud, les Abanyenduga, ne se considéraient pas les mêmes Rwandais que ceux du nord. Les Abakiga. Le président de l'époque en était un, donc par népotisme élargi, c'était tous les gens du nord qui avaient le pouvoir. Le président étant un enfant de la ville de Gisenyi dans le nord, tous ceux qui avaient la chance d'être nés dans un périmètre de cinquante kilomètres autour du village présidentiel étaient puissants par procuration spatiale.

Selon mes parents et leurs amis snobs intellos du sud, les Abakiga, les gens du nord, étaient des Rwandais mais d'une autre espèce. Bruts, ils manquaient de raffinement, parlaient un kinyarwanda rude avec un moche accent et n'étaient au pouvoir que par leur brutalité militaire.

Pour répondre à la violence du fusil, à l'intello, il ne reste que sa condescendance.

Bref, pour moi, jusqu'à l'âge de treize ans, il y avait deux couleurs de Rwandais : les Abanyenduga du sud et les Abakiga du nord.

Ça a changé en octobre 1990, avec l'invasion du FPR qui venait libérer les Tutsis de l'oppression hutue. Ah bon ? C'était sérieux cette histoire entre Tutsis et Hutus, alors ? Je pensais que c'était resté en 1959[1], dans mes cours d'histoire… Et moi alors, je suis dans quel camp ?

À partir de 1990, mes parents se sont mis à parler de moins en moins du nord et du sud. Hutus-Tutsis étaient soudainement devenus la nouvelle rivalité. C'est étonnant la vitesse à laquelle l'ennemi change de visage… Ça arrive si subitement, et de manière si convaincante…

Chère amie, cher ami, viens, on s'interroge, ensemble, sur les profils psychologiques de ces personnes qui décident que, ça y est, à partir d'aujourd'hui, l'ennemi aura cette tête-là !

1. Début de la révolution sociale hutue, soutenue par l'Église catholique.

Un jour, j'ai surpris une conversation entre ma mère et une de ses copines. Je devais avoir douze ans, juste avant la guerre en 1990.

– Tu sais qu'Émile a changé son ethnie sur sa carte d'identité ? dit ma mère en parlant de Papa.

– Quand vous êtes revenus d'Allemagne ?

– Ben oui ! Émile est Tutsi à la base, mais sur sa carte d'identité, il est écrit Hutu… Tu penses vraiment qu'il aurait été nommé directeur général au Minitrap[1] autrement ?

Papa était Tutsi, naturalisé Hutu, et Maman était Hutue.

Mon père, « naturalisé » Hutu ? C'était quoi cette histoire ? Se naturaliser au sein de la même nationalité ?

Eh bien c'est parce qu'il ne s'agissait pas simplement d'être Rwandais au Rwanda. À partir d'octobre 1990, j'ai compris qu'il existait une sous-nationalité : l'ethnie. Et que celle-ci était indiquée, noir sur blanc, dans nos cartes d'identité depuis que les Belges étaient passés « partager la bonne parole » avec nous.

Pour moi, jusqu'à mes treize ans, les méchants étaient encore les nordistes, donc Hutus-Tutsis, ça me passait par-dessus la tête. Mais aujourd'hui, cette

1. Ministère des Travaux publics.

conversation entre ma mère et son amie est centrale à mon histoire.

Papa serait un usurpateur… Un tricheur…

Et un opportuniste de la pire espèce.

– Opportuniste oui, et fier de l'avoir été ! Je te signale que je vous en ai bien fait profiter à toi et toute la famille, de mon petit *hustle*[1]. Mais tricheur, usurpateur… non ! Usurpateur de quoi ? D'identité ? Identité que je n'ai jamais choisie ? Je peux te dire que je me foutais pas mal d'être Tutsi et tout autant d'être Hutu. J'ai compris à quel point le système était bête et j'ai pris l'avantage pour réaliser mon projet. Pour moi, j'étais Rwandais, un point c'est tout. J'étais ingénieur électricien, fraîchement diplômé de l'université TU Berlin, je voulais contribuer, faire rentrer le Rwanda dans le monde, faire que mon coin de pays ait de l'électricité courante et c'est pas deux pauvres syllabes qui allaient m'en empêcher ! Tu-tsi… Hu-tu… J'avais déjà le malheur d'être du sud, je ne pouvais pas me permettre d'être Tutsi en plus ! Si les gens au pouvoir étaient trop obtus pour comprendre que la compétence n'a pas d'ethnie, eh bien j'allais être de la bonne.

1. « Ma petite combine ».

– Mais tant qu'à faire, pourquoi ne pas avoir changé de ville natale, alors ? Umukiga, Hutu et avec ton QI tu aurais fini président !

– Moi ? Umukiga ? Jamais !!!! Je préférais encore être un Hutu ! J'étais un enfant de Butare ! Un enfant du sud ! C'était mon essence. J'étais prêt à tout mais pas à ça ! Et puis j'aurais été vite démasqué… Mes amis du sud avec qui j'étais allé à l'université, mes amis originaires de Butare, de Gitarama, de Gikongoro, ils m'auraient vite grillé ! Et dénoncé, par jalousie. Non, j'ai opté pour la ruse la plus discrète. Je n'avais pas un physique qui criait Tutsi, avec mon nez un peu plat et mon mètre quatre-vingt, donc ça passait…

– Ça n'a pas de sens, Papa… Tu me dis qu'il faut abolir la couleur comme appartenance, que tu te foutais d'être Hutu ou Tutsi parce que tu n'avais rien choisi de tout ça mais, naître à Butare, tu ne l'avais pas plus choisi ? Pourquoi t'y attacher autant ? Jusqu'où peut-on renoncer à ses origines ?

– Je m'y attachais parce qu'il faut bien s'attacher à quelque chose, chez vous, en bas… Là je te dis tout ça du haut de mes nouveaux lieux, mais je ne savais pas tout ça quand j'étais sur Terre…

Il prend une respiration et poursuit.

– Écoute, fiston, d'où tu viens est anecdotique. La seule chose qui vaille la peine d'y consacrer ton temps est demain. La question n'est pas d'où ni de qui tu viens mais qui est le futur toi qui t'appelle par le rêve. Tu es davantage qui tu désires devenir, encore plus que d'où tu viens. Les origines ne sont intéressantes que si c'est pour y trouver sa douleur originelle, son conatus, autrement…

– O.K., je comprends. Mais quand même, être Noir, pour moi, ça ressemble à quelque chose…

– Tu l'as dit. Ça ressemble… Ressembler n'est pas être. Être Noir ressemble à quelque chose qui vous a été en très grande partie dicté depuis le Moyen Âge, depuis le christianisme européen. Il vous a emballés sous le même drapeau pour effacer vos tribus, vos familles naturelles. Soyez Haïtiens, soyez Congolais, Sénégalais, Camerounais, Ivoiriens, Maliens, Burkinabé, Martiniquais, Guadeloupéens… Mais Noirs… (chip…) Faut revoir le projet…

– Mais une tribu, c'est encore un autre collant sur le front, non ?

– Pas vraiment. C'est une famille.

– Mais les Tutsis, les Hutus, ce sont des tribus, non ?

– Non… Les Banyarwanda[1], ça, c'est une tribu. Le reste, grand, petit, trapu, nez allongé, nez plat… ça devrait être comme les yeux bleus ou bruns pour les

1. « Rwandais » en kinyarwanda.

Caucasiens. Les distinctions physiologiques c'est de la cosmétique mais ça ne forme pas des familles solides.

— Mais qu'est-ce qui fait une tribu « naturelle », alors ?

— La capacité d'apprécier et de conserver le ressenti d'une expérience culturelle semblable. Et ça passe évidemment, en premier, par…

— La langue… ?

— Bravo ! Eh oui, la langue. Si on a besoin d'un traducteur pour se dévoiler l'un à l'autre, on perd en efficacité. Le seul phénomène capable de sous planter la langue pour rapprocher les gens, c'est deux corps qui se désirent. Et encore… si les deux corps s'entêtent à ne pas apprendre la langue l'un de l'autre, le dialogue ne dure pas longtemps.

— D'accord… Mais ceux qui parlent plusieurs langues, alors ? Ils se créeraient un pays exclusivement polyglotte ?

— Ah ! J'aime bien l'idée ! Des nations par nombre de langues parlées. C'est pas mal… je n'y avais jamais pensé.

— Ça ne marcherait pas. Il n'y a pas que la langue pour faire une culture.

— Je rigole ! Oh la la… Bien sûr qu'il n'y a pas que la langue pour se fabriquer une tribu, mais c'est un début. Je vais t'expliquer en termes terriens. Regarde, toi, ta tribu première, c'est Sofia et les enfants.

C'est vrai qu'on a conscience, tous les quatre, de faire une expérience culturelle semblable. Il y a plus que le sang… Il y a aussi toutes nos petites routines quotidiennes partagées, la saveur constante du familier, cette nouvelle patience sur mesure trouvée pour nos enfants, la facilité avec laquelle ils abandonnent leurs filtres sociaux à la minute où ils entrent dans notre maison… Toutes ces choses qui nous donnent cette forte impression d'être le plus protégés quand nous sommes ensemble. C'est notre sécurité.

– C'est ça ! Votre culture c'est d'abord un petit peuple de quatre, ce petit pays au-delà duquel il faut garder l'œil ouvert, car les règles n'y sont plus les vôtres.

– Oui, mais la culture ne peut se limiter à la génétique ?

– Bien sûr que non. Ça fonctionne par étage. Mais on ne peut sauter d'étape. Au premier étage il y a une culture bio-familiale. Car la culture, dans le fond, c'est en fait la rencontre, dans un lieu accommodant, de plusieurs idiosyncrasies compatibles. Toi et Sofia vous n'avez pas les mêmes psychés mais vous avez très vite senti un truc, une compatibilité. C'est ça l'amour aussi. C'est reconnaître un associé pour un chantier fondateur. Bon. Vous avez choisi une maison et y avez fait des enfants. Bon. Ces enfants-là… Ils ne sont pas Rwandais, Québécois, Portugais… Ils sont autre chose. Ils sont une nouvelle ethnie faite de la somme de tout ce chaos géographique !!

Sofia, elle, a grandi au Canada, en Argentine, toi en Allemagne et au Rwanda, tu as eu une carrière en France, tu vis maintenant au Québec… Eh bien c'est ce mélange bien spécifique qui se déverse dans le sang de vos enfants. Mais c'est un mélange-résultat. Ils sont davantage le résultat particulier de leur mélange que les composantes individuelles du mélange. Ils sont quelque chose de neuf. D'original. C'est de l'alchimie ce que vous avez fait ! Vos enfants ont dès leur naissance créé leur propre origine. Vos enfants ne seront jamais de la même origine que la vôtre. En fait, vous vous retrouvez, vous, à être de leur origine. Transmission par ascendance ! Vous vous retrouvez, vous, à être de leur mélange. C'est pour ça que je te dis qu'on est surtout d'où l'on va et moins d'où l'on vient.

— Et donc… je ne serai jamais de la même origine que toi ?

— En termes terriens ? Bien sûr que non ! Tu ne l'as jamais été. C'est pour ça que ça me fait de la peine quand je te vois tant espérer appartenir. Tu ne t'appartiens qu'à toi et ton futur, fiston. Tu n'appartiens qu'à toi et tes rêves.

— O.K… Et les autres étages ?

— Bah, les autres étages, c'est l'humanité qui s'impose à toi quand tu sors pour demander du sucre à ton voisin. Une fois nez à nez avec celui qui est *a priori* en dehors de ta culture bio-familiale, tu comprends vite qu'il a son mot à dire sur ton sentiment de sécurité et donc sur ta culture. Tu lui fais écouter Al Green, il te fait écouter les Stones, tu lui fais écouter Papa Wemba et il te fait écouter Félix Leclerc. Vous vous mettez d'accord sur Coltrane et Mozart et ensuite vous découvrez que vos pères vous ont fait mal, mais vous manquent, que vous aimez plus vos épouses que vous ne les comprenez et tu viens d'élargir ton périmètre de sécurité.

– Et la langue dans tout ça ?

– Comme je t'ai dit, c'est un outil pour ceux qui ne parlent pas encore l'universel. Ça facilite le dévoilement l'un à l'autre… Mais une fois qu'on a confirmé la compatibilité de nos bizarreries, puisqu'on se comprend, on peut élargir les familles jusqu'à l'humanité tout entière. Jusqu'à l'univers tout entier. Mais bon… Vous… vous êtes tellement loin de ça encore… Mais il ne faut pas sauter des étapes. Il faut commencer chez soi. Au plus petit. Tout seul d'abord. Tu es ta première et plus importante famille. Tu dois te déshabiller à toi-même et créer en toi ton premier *safe space*. Apprendre à tout te pardonner. Absolument tout. Et seulement à partir de là, ça peut se faire à deux… puis à quatre, puis à cent et, qui sait, peut-être un jour à plusieurs milliards… C'est d'ailleurs pour ça que le Créateur a inventé l'amour à deux. C'est le premier portail vers le retour au tout et la première école de mise en danger sur une base volontaire. Chaque coup de foudre devrait être précédé par l'échange de la phrase suivante : « Je consens à tomber nu devant toi, en espérant que tu en fasses autant et une fois nos originalités accordées, nous irons voir s'il y en a d'autres en face avec qui on peut trouver le chemin du retour. » Mais ça commence chez soi, en soi, à l'état le plus petit de la culture. Si on a passé la nuit à manquer d'amour pour soi-même, tu m'étonnes qu'au matin il n'en restera pas pour le voisin !

– O.K… O.K… Et on fait comment pour ne pas manquer d'amour pour soi-même ?

– Il faut penser à soi d'abord. Toujours. Comme dans l'avion.

– Mais c'est être égoïste ça… ?

– Voilà ! C'est le mot que je cherchais… Il vous faut être extrêmement et sérieusement égoïste.

La pire façon de combattre une idée qui dérange est d'abattre le héros qui la porte.

Il m'arrive souvent de me trouver franchement pas assez altruiste. Pas assez socialement militant. Pas assez politiquement engagé. Un peu trop nonchalant face à une civilisation qui, si l'on en croit les médias et plusieurs penseurs professionnels, est à l'aube de son écroulement. Mais je me pardonne la paresse.

Parce que, vois-tu, mon problème avec les grandes campagnes militantes est qu'elles ont besoin, pour leur bonne gouverne, d'un ou d'une chef(fe). Un leader ! Or, je n'en suis pas un, de leader… Quelqu'un doté d'un sens exceptionnel du sacrifice qui accepte de mettre ses petites quêtes hédonistes de côté pour le bien d'autrui. Quand on parle de sacrifice militant, généralement la chose sacrifiée est une partie importante de soi. Et pour passer de leader à héros, le soi sacrifié doit être le plus proche possible d'un soi complet. Le héros s'oublie entièrement au service de l'autre. C'est ça, l'altruisme ultime qui devient légende. Non… C'est pas moi ça. Je ne suis pas ce héros-là.

C'est que je me demande tout de même si le combat du héros sociopolitique n'est pas en partie perdu dès la minute qu'une foule le ou la suit.

Je me demande si le héros, ayant trouvé en la cause un sens à sa propre existence, c'est-à-dire obéissant à son conatus, n'œuvre pas à garder, inconsciemment, la cause vivante à tout prix ! La cause étant toujours une bataille *a priori* livrée à une force que le héros a identifiée comme un mal commun, ce mal à combattre ne doit-il pas persister, sans quoi la cause du héros n'aurait plus de raison d'être ? Une victoire ultime et définitive contre le mal ne met-elle pas notre héros au chômage ?

La question qui peut donc se poser est : le leader social souhaite-t-il réellement, jusqu'au plus secret de son âme, que ses *followers* trouvent le salut ultime ?

Est-il fou de penser que, pour le leader militant, quelque part dans les bas-fonds de son subconscient, se cache un discret désir de ne jamais voir sa cause triompher ? Est-ce que le patron engagé dissimule, à son insu, un attachement profond au mal qu'il dit vouloir anéantir ?

Si, après plusieurs rejets du monde, je trouve enfin ma place dans celui-ci en me faisant sauveur de mes contemporains, est-ce que je signe aussi un contrat parallèle avec le mal duquel je clame les sauver ?

Perso, j'ai toujours évité d'être sauvé par un ou une autre… Après, on est condamné à lui être redevable, même quand il ou elle fait le mal.

L'autre souci avec l'engagement sociopolitique est qu'aujourd'hui les leaders en la matière sont devenus des stars-sauveurs d'âmes en qui les populations confient leurs espoirs essentiels.

Le héros engagé, pour plus d'efficacité, doit être connu et reconnu du plus grand nombre. La célébrité est implicite à ce genre d'héroïsme. Et à un certain degré de notoriété, le héros d'une idée finit par devenir l'idée. Le nom du héros devient une marque dont l'aura finit par éclipser la cause, jusqu'à la rendre secondaire.

La simple mention du héros insuffle des idéologies salvatrices et le voilà maintenant immunisé, puisque désormais férocement défendu par ceux qui ont fait de son personnage le symbole de leur protection.

Résultat, quand on est d'une autre équipe idéologique, dès qu'une idée nous menace, comme on n'a jamais le temps, au lieu de s'attaquer à l'idée, on prend le raccourci de faire la guerre au héros qui en est le symbole. Ce qui évidemment l'arrange. C'est là que son boulot prend du sens. « Vous pouvez vous attaquer à moi si vous voulez, j'ai la peau épaisse, mais je n'accepterai jamais qu'on s'en prenne aux plus faibles que j'ai fait le serment de protéger ! »

Et les enfants applaudissent ! Et c'est reparti ! Les miens contre les tiens. Alors qu'au départ, c'était mon idée contre la tienne.

À mon avis, la pire façon de combattre une idée qui dérange est d'abattre le héros qui la porte. Ça lui donne trop de force et ça affaiblit nos chances de nous rappeler que nos bonheurs sont toujours codépendants.

Je ne prends plus personne pour héros et c'est aussi pour ça que j'arrive à me pardonner de n'en être un pour personne.

Non… J'ai trop vu comment ça finit, ces histoires d'hommes-symboles plus grands que nature. Ça mène à la mort. La mort physique au mieux, la mort de l'âme au pire.

L'altruisme qui exige un sacrifice de soi au service des autres, c'est une vraie usine à héros. Donc, en attendant que l'héroïsme soit réglementé, je préfère ne pas toucher à ça.

Peut-être faudrait-il s'assurer de s'être fait un maximum de charité à soi avant d'en distribuer.

Peut-être que si tout le monde devenait égoïste au point de ne réellement penser qu'à sa gueule, dans le sens « s'aimer radicalement », on arriverait enfin à construire quelque chose qui a de l'allure ! Réfléchis-y ! « Je ne pense qu'à moi. » Qu'est-ce que ça veut dire au fond ? Je ne pense qu'à mon bonheur. Mais mon bonheur dépendant inéluctablement de celui de l'autre… Tout est réglé !

Peut-être devrions-nous adopter un égoïsme pratique qui viserait à sauver son âme d'abord avant de diriger celle des autres… Je me mets avant l'autre mais avec l'intention claire de mieux lui servir. Si « l'autre » est aussi « moi », comme dit Papa, mon bonheur dépend un peu du sien. « Mon âme d'abord pour mieux te servir. » Y a pas plus altruiste, non ?

– Bon… c'est le principe de l'avion, fils ! Il n'y a rien d'original à ça…

– Oui mais… tout le monde est au courant, mais personne ne l'applique !

– T'as pas tort…

– Comment ça se fait ?

– C'est toujours le même problème… Tou-jours le même ! Vous avez cette irritante manie de vous persuader que vous êtes séparés et que cette vision du monde vous protège. Et que cette vision du monde est donc à préserver, à tout prix. Au prix même du bon sens. Alors vous trichez. Manigancez… Trompez… Fabriquez du faux « bon ». Refusant de voir que l'autre est en fait vous-même, vous vous dites : « Si je fais croire à l'autre que je veux son bien plus que le mien, il me pensera alors fiable et c'est comme ça que je m'assure de ne jamais être pris au dépourvu par son innée malice. Il me devra. Au mieux l'amour, au pire la loyauté.»

— Ah... C'est pour ça qu'on fait des enfants ?

Un long silence s'ensuit... Jusque-là, Papa m'avait habitué à sa science divinement infuse qu'il démontre par des répliques immédiates. Mais là, il ne dit rien.

— Papa... ? Tu es toujours là ?

— Oui, fils, excuse-moi, je suis un peu pris de court... Je pensais devoir passer des heures à préparer le terrain pour cette discussion. Je la trouvais trop délicate pour un Terrien, mais je vois que tu es prêt... Je ne m'y attendais pas. Car c'est en fait pour cela que vous faites des enfants. Vous avez si peur de la nature, si peur de la mort, si peur de tout..., qu'en plus d'inventer un «AUTRE», le meilleur moyen que vous avez trouvé de survivre aux tourmentes de l'existence humaine a été de vous reproduire par le sang. Car ainsi vous pourrez créer des générations d'individus à qui vous pourrez dire : «Vous nous devez tout ! La vie, bien sûr, mais aussi l'amour !»

— Je te trouve trop dur, Papa... Et trop donneur de leçons pour quelqu'un qui a déjà été un des nôtres. Je m'attendais à un peu plus d'indulgence de la part du paradis... On fait des enfants pour plein de raisons différentes et dans plein de circonstances différentes. Regarde, moi, par exemple, je pense que j'ai fait des enfants par mimétisme culturel, mais aussi pour réparer une chaîne que tu as failli briser quand tu es mort. J'avais tellement mal, j'ai eu envie de vous ressusciter. Mais surtout j'ai rencontré Sofia avec qui j'ai ressenti le besoin de bâtir quelque chose tant je sentais que notre union m'améliorait. Je n'ai pas fait des enfants pour qu'ils aient une dette envers moi !

– Désolé, fiston. Excuse-moi de m'emporter ainsi, mais avoue quand même que pour vous autres humains, le don ultime est celui de la vie. D'ailleurs c'est ça que vous dites à vos enfants. « Je t'ai donné la vie ! » Or, la parentalité est tout sauf un don... C'est définitivement pas un don qu'il vous est donné de faire et ce n'est même pas un don qui vous est fait. C'est un prêt que l'univers vous accorde. Vous êtes tous là à attendre remboursement ! Combien de fois dites-vous : « Après tout ce que j'ai fait pour lui/elle... » ? Mais tu n'as rien fait pour personne, l'ami ! Tu as juste fait un prêt... Avec la main sournoisement tendue... Pire qu'une banque, tu n'as même pas été franc. Tu as fait croire au débiteur qu'il n'aurait jamais à payer ni la dette ni d'intérêt. Autrement dit, les parents ne disent jamais à leurs enfants que tous les jours de leur vie, ils devront payer de leur conduite exemplaire, de leur perfection. Sans quoi, ils devront payer un petit plus : l'amour qui leur était dû mais qu'au final ils ne recevront jamais. Les parents sont des créanciers malhonnêtes ! Dites au moins à ces gamins et gamines qu'ils/elles vous doivent quelque chose dès le départ ! Dès qu'ils/elles commencent à comprendre ce que veut dire « je t'aime », dites-leur : « Je t'aime à condition que tu saches mieux faire que moi afin que je puisse en tirer socialement profit. » Être parent, c'est là que le mensonge a commencé. Faire croire aux gens que vous êtes capables d'altruisme honnête. Alors que voilà… Tout altruisme humain est par nature malhonnête. L'humain est incapable de penser à l'autre avant soi, c'est contre son instinct premier, sa survie, son évolution. Si le geste semble parfois altruiste, l'intention est absolument égocentrique. Vous êtes faits comme ça, les humains. Et il n'y a rien de mal à ça. Vous êtes programmés pour vous sauver vous avant les autres, même avant la planète qui vous porte. La fin du « moi » préoccupe toujours plus que celle du monde. Voilà pourquoi vous faites des enfants. Pour vous essayer à l'éternité. C'est tout dans votre corps qui vous pousse vers là.

Ce qu'on ne dit pas, c'est qu'on ne donne jamais sans garder la facture…

J'entends encore ma mère me dire : « Ne sois pas égoïste ! Partage avec ton frère ! »

Comme si mon refus de partager faisait de moi le pire des frères. Alors je donnais… Grimaçant et en colère, non pas contre ma mère, je n'en avais pas les moyens. Non. En colère contre mon frère car, par sa faute, j'étais maintenant fiché par Maman, en probation et à un égoïsme près de me voir sur la liste rouge des fils indignes. Or qui dit colère dit dette. Il allait falloir que mon frère paye un jour… Et c'est moi qui fixerai le taux d'intérêt.

Quand on donne par décret, on n'est plus dans le partage, on fait dans l'économie de marché.

Je sais, on ne donne pas seulement parce que Maman nous l'a ordonné. Bien sûr. Parfois on donne parce qu'on a réellement envie de faire plaisir. Mais ce qu'on ne dit pas, c'est qu'on ne donne jamais sans garder la facture…

Lorsqu'on dit de quelqu'un qu'il est généreux, on insinue une générosité pure. Sans condition. On l'applaudit. Le mot se passe, d'une bouche à une autre, et voilà notre âme généreuse sanctifiée ! L'âme vient de dépasser sa simple condition d'humain. Elle est généreuse !

Dire merci, c'est reconnaître cette dette qui nous est octroyée par le fait de la soi-disant générosité. Il y a un goût d'asservissement… C'est vertical… Je suis, et resterai, à votre merci. Merci sire. Et qui ne veut pas appartenir à la noblesse ?

Sauf que notre demi-Dieu est maintenant piégé. Il est désormais une sculpture à laquelle il n'est plus permis que très peu d'humanité. Il lui est exigé d'être en tout temps prêt à donner sans ne jamais rien demander en retour.

Mais il faut se dire ce qui est : l'humain normalement constitué ne donne jamais sans attendre au moins un merci sincère. On dit bien du remerciement que « c'est la moindre des choses ». Si dire merci est le minimum exigible, imaginez ce qu'on considère dette payée ! C'est comme ça en vrai. Chez les humains, la générosité est transactionnelle. C'est : « Je te donne mais, que je me l'avoue ou pas, un contrat est signé. Un jour tu devras me rendre. »

Et je serai toujours en droit d'estimer que tu me rends moins que je ne mérite, puisque c'est moi qui ai eu le génie de la première générosité. C'est le premier qui donne qui écrit les termes de la transaction.

Dire merci, c'est s'agenouiller devant l'impériale générosité. Se reconnaître à la merci du donateur. Alors évidemment que tout le monde feint l'altruisme !

Si ça peut nous faire empereur de quelqu'un sans que ça passe par le sang…

Bah, donnons, donnons, au pire, ils seront à notre merci.

Je sais, je sais… Tu me trouves un rien cynique. Je comprends, je t'entends. « Si l'altruisme tel qu'encensé dans notre monde, c'est-à-dire non transactionnel, n'est pas dans les cordes de l'être humain, on arrête de donner. On n'est déjà pas très généreux, alors si on se met à ne plus rien donner… »

Eh bien, je pense qu'il existe peut-être une forme de générosité plus compatible avec les limites psychiques de l'humain. Une générosité envers soi-même. S'aimer soi plus que tous les autres. Se mettre au centre de tout. La bonne nouvelle, c'est que se mettre avant les autres est de toute façon le geste qui exige de nous le moins d'effort. C'est notre programmation d'origine. C'est ce que nous faisons par instinct. Ce qui nous suce du jus, ce sont les stratégies que nous devons mettre en place pour dissimuler nos vraies natures. Nous, humains sur

Terre, sommes incapables de mettre les intérêts d'un autre avant les nôtres.

Même l'amour, on le donne à la condition qu'il nous soit retourné.

Même l'amour pour son enfant… ? me diras-tu. Et je te répondrais, surtout cet amour-là !

Est-ce que je me jetterais devant un camion avant qu'il n'écrase ma fille ? Sans hésiter. Ne serait-ce pas là une preuve d'une générosité complètement dénuée de son intérêt propre ?

Eh bien, c'est même tout le contraire. Je donnerais ma vie pour celle de ma fille sans aucune hésitation, simplement pour éviter la douleur d'une vie sans elle. Je ne sais pas où vont les morts. D'après Papa, ils se retrouveraient dans un lieu bien plus beau que le mien. Ce que je sais par contre, avec certitude, c'est la traînée de peine que laissent les morts à ceux qu'ils abandonnent.

Si j'étais capable de cet altruisme 100 % bio dont on nous parle, je serais capable d'envisager sereinement la mort de ma petite fille, en me disant que si ça se trouve, elle sera mieux ailleurs et je me réjouirais sans peine de sa rencontre possible avec mamie Passy, papi Émile, tontons Christian, Florian et sa tantine Delphine. Mais non, je ne suis pas fait pour penser aux autres avant moi, même pas à ma propre fille.

Je le reconnais. Et non pas comme une faute. Je n'en ai pas honte. Je reconnais simplement qu'à la base de ma condition terrienne, jusqu'au jour où je retrouverai Papa là-haut, je serai toujours un petit garçon terrifié. Terrifié de perdre.

Je m'accepte ainsi.

Terrifié de perdre. Voilà ce qui nous rassemble, nous les femmes et hommes ici-bas. La peur de perdre.

Et si j'accepte ma petite taille face à l'imprenable force de la vie, ça devient évident ! J'ai besoin, en tout autre humain qui me rencontre dans cette condition, d'un fidèle allié pour trouver ne fût-ce qu'un petit peu de soutien sur la route. Pour être bien, mon voisin doit l'être aussi.

Le bien-être de l'autre est le chemin le plus court vers mon bien à moi. Mon égoïsme inhérent, ça aussi je peux en profiter !

C'est ce qu'il voulait dire, Papa… Quand il parlait de l'égoïsme qu'il faut pour s'assurer un minimum acceptable d'amour pour soi.

Il faut savoir s'aimer d'abord. Parce que c'est ce qui est pratique et rationnel, mais aussi parce que c'est comme ça que nos simples esprits ont été conçus.

Ça, ça nous est naturel. Tout faire pour rester en vie. Et si se servir de l'amour pour un enfant est ce qu'il faut pratiquer pour survivre, eh bien, on le fait.

Vous est-il déjà arrivé, tranquille à la maison, un *drink* à la main, de vous projeter dans le futur, d'y arriver avec tellement de précision que vous avez l'impression d'être déjà à la fin du parcours ? Il m'arrive parfois de visualiser mon futur, Sofia et moi les cheveux gris, quelques rides, grands-parents, vivant la vie que nous avons toujours rêvé de vivre et de me dire : « Et après, quoi… ? »

Non ? O.K… C'est juste moi.

C'est ça, le fameux conatus de Spinoza. La force insaisissable qui nous garde accrochés à la vie.

Un lundi matin, mon bonheur peut venir et partir trois à cinq fois en une heure.

Je me retiens de divulguer au grand public un secret que je garde depuis dix ans maintenant. Chanter devant des salles combles ne fait plus mon bonheur. C'est quelque chose… C'est se plaindre le ventre plein. Ça ne se fait pas.

Mais comme tout le reste, je dois me le pardonner.

Je me souviens de l'excitation, au début de ma carrière, quand je montais sur scène, devant cinquante personnes au Jello Bar à Montréal ou devant six mille dans tous les Zénith de France. Chanter m'a déjà rendu heureux. Mais plus aujourd'hui. Le bonheur a toujours été une cible mouvante dans ma vie.

Ce qui explique peut-être qu'à la question « Es-tu heureux ? », je ne sais jamais quoi répondre. Parce que j'entends le sous-titre « Es-tu TOUJOURS heureux ? »

Je saurais y répondre si la question était plus précise dans le temps.

Par exemple : « Étais-tu heureux ce matin à huit heures quinze ? » J'essayerais de me rappeler où j'étais et ce que je faisais à cet instant précis et j'y trouverais quelques indices qui m'informeraient sur mon degré de bonheur à cet instant précis.

Huit heures quinze, en semaine, c'est l'heure où je viens de déposer notre fille Mila à l'école et où je retourne à la maison. Je suis généralement content de vivre, à huit heures quinze un lundi matin. Je conduis dans le sens contraire du trafic, je regarde les gens qui vont au travail, j'essaye de lire sur leurs visages s'ils aiment ce qu'ils font, je me demande à quoi ressemble leur vie. Je vois beaucoup de figures crispées. Il m'arrive de voler l'instant d'intimité d'une jeune fille qui pleure à un stop. Et voilà mon bonheur déjà taché, car je commence à penser aux premières peines d'amour de Mila. Ce que je lui dirais pour effacer sa tristesse. Le sourire me revient lorsque, à un autre stop, je vois une femme dans la soixantaine qui chante à tue-tête et qui a changé son volant en batterie imaginaire. Je repense à la jeune fille qui pleurait et j'ai envie d'aller lui parler de la jeune grand-mère qui fait du *air drumming* sur *I can dance* de Dua Lipa pour lui dire : « Tu vois, ça… Ça c'est ce qui t'attend peut-être. Tu verras, la tristesse n'est jamais éternelle. »

J'arrive à la maison vers huit heures vingt, avec une pensée heureuse : être enfin seul avec Sofia autour d'un premier café. Mais ça, c'est si Sofia est d'aussi bonne humeur que quand je l'ai quittée.

Si, entre mon départ de la maison pour déposer notre fille et mon retour, la péri-ménopause de Sofia l'a assenée d'une douloureuse migraine, mon bonheur en prend un coup. J'ai beau savoir que si elle prend un Advil et que je lui masse un peu la nuque ça va passer, si à ce moment précis, quelqu'un me pose la question, « Es-tu heureux ? », je répondrais : « Là, maintenant, non. Mon épouse souffre le martyre parce qu'aussi avancés que nous nous vantons d'être, aucune science n'est encore fichue de comprendre l'appareil hormonal du seul corps capable de donner la vie ! Donc non, là, au moment où tu me parles, je ne suis pas heureux. Mon épouse souffre et il n'y a pas de médicament contre ce qu'elle endure. »

Un lundi matin, mon bonheur peut venir et partir trois à cinq fois en une heure.

À ce niveau d'instabilité, ce n'est plus de bonheur qu'on parle mais d'humeur !

Je me demande d'ailleurs si le mot « bonheur » ne serait pas une contraction de BONne HumEUR ? Ça expliquerait des choses…

J'ai la chance de connaître mes bonheurs, le problème est qu'ils ne cessent d'être interrompus.

Qu'il fasse beau ou pas, passer du temps avec Sofia, refaire le monde avec elle autour d'un café, me remplit de bonheur. Mais ça ne dure jamais assez longtemps… on a des enfants.

L'innocence de nos enfants. Leur rire sans censure, leur humour délicieusement maladroit, leur mépris du sérieux… Tout ça n'attend que d'être kidnappé par le temps.

Le temps. Ce que j'aime le plus dans la vie est de ne rien faire. Mais le temps ne sachant rien faire d'autre que de décroître et la vie étant ce qu'elle est, je finis toujours par manquer de temps pour ne rien faire.

La beauté. Je pense sincèrement que sans beauté, il se pourrait bien que je meure.

Le design japonais Wabi-Sabi, une peinture d'Aboudia, une œuvre de Dominique Zinkpè, l'architecture de David Adjaye, n'importe quel album de John Coltrane, la flore multicolore des Laurentides à l'automne, les fresques verbales de Dany Laferrière, d'Alain Mabanckou, de Fatou Diome, de Réjean Ducharme, de James Baldwin, la Porsche 911… La beauté résiste au temps mais pas moi, alors…

La perspective de la vieillesse. La possibilité de côtoyer le beau de ce monde le plus longtemps possible. Savoir aussi que j'ai le potentiel d'être sage un jour. Parfois, pour m'apaiser l'esprit à la fin d'une journée chaotique, je m'imagine à soixante-dix ans avec une vie moins mouvementée. C'est beau de vieillir. Retrouvez-moi le premier type qui nous a fait croire le contraire. Mr M. certainement… Je trouve ça d'une beauté poignante, les rivières de sagesse sur un visage qui porte honnêtement l'histoire complète de toute une vie. Bon… C'est beau, tout ça, mais le monde que je vois ne me garantit ni moins de chaos ni sagesse dans vingt ans, alors…

La bonté. Ça aussi ça me remplit de bonheur. C'est la réelle beauté d'une femme ou d'un homme, la bonté. Mais il suffit d'une violence pour que l'on devienne un peu moins bon…

Un bon vin. Un bon scotch. La vie de tout un sol sous ma langue. Oui, mais une bonne bouteille, ça se vide vite, alors…

Un débat sur le libre arbitre, autour d'une bonne bouteille. Sauf que souvent la bouteille finit par faire de l'ombre au débat, alors…

Tu vois bien… Le bonheur est un nomade. Et la question « es-tu heureux ? » suppose qu'on aurait trouvé la formule pour le conserver. C'est pour ça que c'est une obsession pour tous. Parce qu'on pense que c'est tout ce qui nous manque pour être bien. Mais c'est maso d'être autant obsédé par une chose aussi glissante ! Au mieux, comme le bien et tous ses cousins, le bonheur est un horizon. Mais jamais un objectif, voyons ! Ça reste jamais en place, ce truc !

Mais j'ai remarqué que tout le monde parle du bonheur et y pense, sauf les enfants. Je n'ai jamais entendu mon fils et ses amis dire : « Les parents de Cédric viennent de se séparer, je pense que c'est pour ça qu'il est malheureux ces derniers temps… ».

Ils diront plutôt : « Il est triste. » Ils savent, eux, que le bonheur loyal n'existe pas. Et le malheur permanent non plus. Ils savent qu'il n'existe que l'alternance de moments de joie qui viennent et repartent et que c'est pareil pour les moments de tristesse.

Les plus jeunes ne se compliquent pas la vie avec des mots qui décrivent l'inaccessible.

Je commence à penser que sur plusieurs sujets, nos enfants en savent plus que nous.

Autre chose. Non seulement le bonheur joue à cache-cache mais en plus il se croit au bal masqué, l'autre ! Jamais la même tête !

J'ai bientôt cinquante ans et les choses qui faisaient mon bonheur à vingt ans ne me font plus le même effet. Comme monter sur scène devant des milliers de gens.

Je me souviens que, dans ma jeune trentaine, je jurais que je ferais de la musique jusqu'à la fin de ma vie. Je n'en suis plus si sûr. Je dois me le pardonner.

En l'écrivant, j'ai l'impression de renier deux très loyaux compagnons. Ma musique et le public. Mais peut-être suis-je plus que ce que je fais ?

– C'est pas mal, fiston… Pas mal du tout. Tu y arrives tranquillement.

– Pas sûr d'arriver quelque part, Papa, je doute beaucoup, mais merci quand même…

– Mais si, mais si ! Tu commences au moins à te poser les bonnes questions. Bien sûr que tu es plus que ce que tu fais. Tu es surtout qui tu es. Regarde… Aujourd'hui, le gros de ton énergie, tu le mets où ?

– J'écris, je pense, j'aime, j'essaye de transmettre… Je m'occupe de ma famille.

– O.K. Et as-tu l'impression qu'il te manque quelque chose ?

– Bah oui, quand même. Quelques trucs… Et, surtout, il me manque la garantie que mon bonheur d'aujourd'hui ne disparaîtra pas, comme vous êtes disparus.

– Donc tu as tout le bonheur qu'il t'est possible d'avoir ! Le bonheur absolu, ça n'existe pas, ça, fiston, malheureusement… Arrête de penser que le bonheur existe.

– Le bonheur n'existe pas ?

— Parfois oui parfois non. Donc pas trop, en fait. Vous en êtes obsédés, vous trimez comme des esclaves pour le toucher mais c'est une grosse douille, le bonheur ! Vous y croyez, vous ne parlez que de ça… Comme s'il vous était possible de combler vos vides. Or, vous n'êtes pas faits comme ça, vous. Vos vides sont des puits sans fonds qui changent de nature, passant de besoin à désir et c'est ça qui vous garde dans une inertie sans fin. Et paradoxalement, c'est aussi ce qui vous fait aller de l'avant. Votre problème est que vos vides, une fois satisfaits, deviennent des désirs… Vous avez constamment besoin de destination. Il vous faut toujours un « en dehors de vous », constamment… Autrement, vous ne vous sentez plus être. Et une fois l'horizon touché, il vous faut à tout prix le conserver. Y a juste vous pour penser que ça se contient, l'horizon… Mais si l'horizon joue avec vous comme ça, que vos désirs demeurent insaisissables, cela veut forcément dire qu'il vous manque, pour être complets, quelque chose que vous n'arrivez même pas à concevoir.

— O.K… et qu'est-ce que c'est ?

— Je te l'ai déjà dit… VOUS ! Vous tous, réunis.

— S'il te plaît, parle dans ma langue, Papa !

— Ce que vous cherchez tous est la partie de vous qui vous est amputée. Je t'en ai déjà parlé de cette partie, c'est l'Autre.

Encore lui.

Je te dis tout... J'en suis à ma deuxième lame de Lagavulin quand j'écris ça, seize ans si tu veux savoir, et j'ai bien peur de n'avoir pas trop la tête pour les charades d'en haut. Étrangement, moi, je vis dans les nuages à jeun, alors l'alcool a tendance à me ramener sur Terre... Donc, peut-être que toi tu parles le dialecte de mon père mais moi, j'ai besoin de plus d'explications.

– J'essaye de comprendre ce que tu dis, Papa... Quand mes besoins sont satisfaits, je m'emmerde et je mets à jour ces mêmes besoins qui deviennent mes nouveaux désirs...

– Oui. Par exemple : tu te rappelles quand tu fuyais la capitale après notre massacre, sur la route vers le Zaïre et que tu n'avais rien mangé depuis trois jours, et que d'un coup une famille d'étrangers t'a offert une ration de pommes de terre bouillies ? Tu te rappelles ?

– Oui...

– As-tu aimé ça ?

– C'était un des meilleurs plats auquel j'avais jamais goûté... Mon palais s'en souvient toujours !

– Des patates bouillies... ?

– Euh, oui...

– D'accord... Et aujourd'hui, imaginons que tu arrives dans un restaurant que tu as l'habitude de fréquenter, que tu prennes place et tes aises, que tu te fasses servir un apéro, que le serveur te remette un menu et qu'il te dise: « Bienvenue, M. Nyungura ! C'est toujours un plaisir de vous accueillir ! Et il me fait d'autant plus plaisir de vous recevoir que nous avons une nouveauté sur notre menu ! Des pommes de terre bouillies ! Un vrai délice ! »

— Tu te fous de moi, père !

Quand je sens que Papa au ciel se paye ma tête, je prends des distances ; je l'appelle père.

— Eh bien voilà un exemple d'un besoin qui s'est transformé en désir ! Car quand tu viens de tout perdre et que tout le monde autour de toi crève la dalle, une patate bouillie c'est un festin, mais dès que ça va mieux, la même patate n'est que le tiers d'un bon repas…

— Ça tient pas ton truc, les patates, un festin, j'avais pas le choix. Mais dans une vie normale le corps a besoin de plus. C'est pas un caprice, un repas équilibré.

— Tu comprends rien. Regarde, si demain tu découvres que je t'ai laissé des milliards en héritage, et que tu peux te payer tout ce que la Terre peut t'offrir, tu n'en auras pas plus le ventre plein ! Tu comprends… Tu restes condamné à cette faim-là.

— Rien de nouveau, l'argent ne résout pas tout…

Papa enchaîne vite quand il se sent en difficulté.

– Et pourtant, c'cst un problème très simple à résoudre.

– Je suis tout ouïe.

– L'horizon ultime, ce n'est ni un lieu ni une chose… C'est quelqu'un. Du moins dans un premier temps. Dès que tu te reconnais en chacun, tu peux te reconnaître en plusieurs pour ensuite te reconnaître chez les animaux et finalement chez les plantes. Tu peux même te rencontrer dans un grain de sable ! Le jour où tu commenceras à te lier d'amitié à une poignée de terre quand tu nettoieras ton terrain, tu n'auras plus besoin de rien ! On fait ça, nous, ici. Tu n'es pas à l'abri de trouver Maman en grande conversation avec une jolie orchidée. Et quand je dis conversation, je veux bien dire cela, hein ! Ça veut dire que l'orchidée réplique à Maman. C'est magique d'entendre le passé des plantes raconté par une fleur. Les fleurs se racontent. Les orques se racontent. Et tous les récits se rencontrent à la même origine. C'est fou non ? La même origine pour tous les éléments ! Si ça, ça te rentre dans le crâne, fini la souffrance. Et de la même pierre, fini le désir.

Ça doit picoler au paradis parce que le papa dont je me souviens est un ingénieur, un cartésien, pas un youtubeur théosophique… Peut-être que finalement, seule Maman est au paradis ct quc lui est dans une aire intermédiaire, juste à côté, une grande pièce négligemment décorée et remplie de morts dont Dieu n'a pas encore décidé le sort. Ça expliquerait aussi l'impression d'un grand espace entre eux quand ils se parlent. Maman et Papa font chambre à part et ne me l'ont pas dit.

Je sais qu'il entend mon cynisme mais il a l'air de s'en foutre. Il poursuit.

– Ce que vous cherchez indéfiniment se trouve à côté de vous. Chez l'Autre. La bonne nouvelle c'est que, comme je te l'ai dit, toi et l'Autre, c'est toujours la même affaire, donc…

– C'est bon, Papa, j'ai compris, l'Autre est moi, moi je suis lui, je suis tout le monde et fais un avec le petit sable de Punta Cana, c'est super…

– Passy !!! (Papa demande l'aide de Maman quand il est mal pris.) J'en peux plus de ton fils… Je pensais qu'après tout ce qu'il a vécu, il serait plus malin que ça !

– Je me repose, chéri, arrange-toi avec ton fils. Je t'aime.

Maman dit « je t'aime » comme on dit « au revoir ». Un rendez-vous. Sans attente, sans chaîne. Juste comme ça, à la fin de chacune de ses courtes phrases. Comme si l'amour d'une femme au paradis suffisait pour tout conclure.

Un cycle complet en lui-même.

Elle n'a besoin de dire ni de faire rien d'autre. Elle fait comme son corps lui dit. Là, c'est son heure de sieste et que Papa s'arrange.

Au paradis, les mamans savent ne penser qu'à elles.

Aucun doute. Maman, elle, est bien au paradis.

– Au début des temps, vous étiez une seule chose et après, vous avez été séparés, labradors, nénuphars, sable, étoiles… Mais au départ vous étiez la même chose. Tu comprends ?

– Je comprends plus ou moins. J'ai vu plein de vidéos de gourous sur les réseaux qui racontent ça, c'est pas très original.

– Puisque je te le dis ! Je suis au paradis donc forcément j'ai les bonnes infos !

– Papa… Désolé… Je ne veux pas te contrarier mais, encore une fois, qu'est-ce qui me prouve que tu es paradis ?

– Pourquoi veux-tu savoir si je suis au paradis ou pas ? Je suis mort et je te parle… C'est la définition même du super spirituel, non ?

Le connaissant, il a dit ça en agitant l'index droit en spirale vers le ciel.

– Pourquoi je veux savoir si tu es paradis ? Eh bien pour une question de crédibilité ! J'ai besoin de sources fiables. Avec les réseaux, ça va très vite une fin de carrière !

– Et pourquoi as-tu besoin d'une carrière ?

— Pour continuer à nourrir tes petits-enfants.

— T'as pas besoin d'une carrière pour nourrir tes enfants... Vendez tout, achetez-vous une terre quelque part où il peut pousser des légumes et quelques pommes, avec Sofia, apprenez l'art de la terre et voilà !

— Mais c'est pas du tout réaliste ça, Papa ! D'abord, tu me connais, je ne suis pas du tout manuel, et comme tu ne m'as pratiquement rien appris, j'ai dû me trouver une combine. Je troque mes petites impressions de beauté contre de vraies affaires comme la bouffe et l'électricité et jusque-là c'est un système qui fonctionne plutôt bien pour moi.

— Je ne t'ai rien appris, c'est vrai... J'aurais pu t'apprendre à construire un barrage électrique, c'était mon métier après tout. Mais aimerais-tu être ingénieur électricien aujourd'hui ?

— O.K., j'avoue, c'est pas mon truc...

— À moi non plus !

Son rire explose depuis ses entrailles qui devaient garder ce secret depuis trop longtemps.

— T'es sérieux ??

— Mais oui, si tu savais... J'ai toujours voulu être un artiste. Le seul vrai métier ! Tu ne te rends pas compte le métier que c'est ! Imaginer, donner rendez-vous à la beauté, croiser les doigts et voir qui se pointe. Juste ça... Quel métier ! Les chiffres, c'était facile pour moi donc on m'a dit que ce serait un gâchis si je ne mettais pas mon don au service de l'industrie. Mais la vérité, imaginer sans frontières, voilà ce que je rêvais de faire comme travail.

– Ah… Donc tu vois !!! Toi aussi tu as un besoin… Imaginer le beau et t'en servir pour parler de toi. Et je sais que c'est un besoin parce que je l'entends dans ta voix. Ce regret que tu as emporté dans ton cercueil.

Enfin… cercueil… Je devrais dire linceul. Même musique mais pas du tout la même scène.

Papa n'a pas eu droit au caisson final.

Le lendemain de ma catastrophe, les voisins sont venus chez nous et ont enroulé chaque membre de ma famille dans des draps trouvés dans la maison et ont mis tout le monde dans le même trou, quatre pieds sous un coin de notre cour. Les chanceux… ils sont restés ensemble, eux.

Je ne devais pas parler de ça au départ… Mais il y a des mots-gâchettes comme ça, comme « cercueil », qui, dès la seconde où ils sont prononcés, démarrent une machine à remonter mon temps sans ma permission.

Je me ressaisis.

– Des besoins non satisfaits… Toi aussi tu as ça… Toi aussi il te manque des horizons à atteindre.

Je crois l'avoir pris à son propre piège.

— Tu as raison… C'était un de mes souhaits. Un besoin. Mais ici, au paradis, savoir faire ne veut rien dire, donc on peut tous s'imaginer tout le beau qu'on souhaite. On n'a pas besoin de le troquer contre « de vraies affaires ». Les vraies affaires prennent vie à la seconde où on les imagine.

— O.K., O.K. Mais revenons à moi et mon bonheur. C'est bien beau tout ça, mais même avec un lopin de terre et deux ou trois trucs pour faire pousser des carottes, une source d'eau ça ne se trouve pas à chaque coin de rue et puis, surtout, tu me connais… Pour être heureux, j'ai besoin de beauté. Et la beauté, ça coûte cher.

— Ah bon ? Mais de quel genre de beauté parles-tu ?

— Une belle architecture que je ne partage qu'avec qui je veux, des sculptures duveteuses, pas des meubles, une immense bibliothèque de vinyles, de l'art sur les murs, sur le dos, et dans les assiettes… Du beau, Papa ! J'ai besoin d'être entouré de beau pour être bien. Et ne me juge pas, je l'ai appris de toi !

— Ah ! Alors j'ai un truc pour toi. Si tu veux te faire assez d'argent pour acheter ce qu'il te faut en beauté, Il existe un type de devise qui ne perd jamais sa valeur… C'est un secret bien gardé ici, quelques-uns de mes compatriotes ont vendu la mèche à leurs familles d'en bas. Alors pourquoi pas moi. Tu m'écoutes bien ?

— Oui, Papa. J'écoute.

Cctte fois-ci, une force mystérieuse me sort de mon cynisme. C'est la première fois depuis le début de mes échanges avec Papa qui est aux cieux que je sens qu'une recommandation du paradis va être pratique.

— Prends tout l'amour en toi et mets-le au cœur de tout ce que tu écris. Tout ce que tu dis. Et tu vas voir, ça peut rapporter gros, l'amour ! Je te promets ! Mais c'est pas pour tout le monde… Parler d'amour radical, c'est un vrai boulot. Mais c'est un métier d'avenir ! Et il se trouve que Maman et moi t'avons au moins laissé ça. Beaucoup d'amour. Je ne t'ai appris ni à cultiver la terre ni à monter des murs, c'est vrai, mais je t'ai appris à aimer. Aime et tu verras que tu n'auras plus besoin de rien. Parce que vu la direction que vous êtes en train de prendre, ce qui risque de vous manquer le plus, c'est bien ça, l'amour.

— D'accord, mais l'amour ça ne s'embouteille pas comme ça. Et puis aimer et ne pas être aimé en retour… Une fois ça passe, mais à répétition, ça te plombe l'amour, non ?

— Ah, ça, c'est la partie technique de l'affaire… Mais ne te prends pas trop la tête avec ça puisque, de toute façon tu vas persévérer dans ta nature.

— Persévérer dans ma nature ? Comme le conatus ?

— Exactement ! Spinoza nous a expliqué ça, l'autre soir. Ses conférences cartonnent ici. Le conatus, t'arrêtes pas d'en parler, donc tu sais ce que c'est !

— Bien sûr, la force qui nous fait persister dans la vie… Mais je fais comment pour la reconnaître, ma nature ? Ne fût-ce que pour éviter de la combattre ?

— Tu reconnais ta nature quand tu ne ressens plus de résistance à ton geste. Tes obsessions. Voilà où se loge ta nature. Regarde, ce livre que tu es en train d'écrire, il se peut qu'il soit un énorme bide, il se peut qu'il ne soit pris au sérieux par personne, il se peut aussi qu'il soit violemment critiqué et, pourtant, si parler d'amour radical est bien ta nature, ta nouvelle obsession, rien de tout ça ne t'empêchera d'en écrire un deuxième… et même un cinquième ! Ah ! Le nombre de folies qu'on oserait si on savait se pardonner d'être médiocres ! En plus, si parler d'amour radical est bien ton obsession, donc la couleur de ton conatus, eh bien tu ne sauras même pas que le monde y résiste. Tu ne verras même pas ta patience. Et c'est là que ça devient intéressant au niveau du rendement. Que ça te revienne maintenant ou dans dix ans, le temps importe peu puisque tu es rémunéré dans le simple fait de la joie de suivre tes obsessions. Et ton obsession, fils, c'est d'expliquer que si vous ne faites pas attention, le monde refera ce qu'il t'a fait il y a trente et un ans. Tu n'as de choix dans cette vie que de persévérer dans ça. Et toute la beauté que tu désires se trouve dans cette persévérance-là. Et, bonne nouvelle, cette persévérance s'impose à toi et n'a en rien besoin de ton aide. Il fait ce qu'il a à faire, le conatus, que tu le veuilles ou pas. Les vraies riches sont ceux qui ne lui résistent pas.

– Très technique en effet... On peut se parler demain ? J'aimerais creuser plus mais là je suis crevé...

– Quand tu veux, fiston ! C'est toujours quand tu veux ! Bonne nuit !

– Bonne nuit, Papa.

Ah... La nuit. Le sommeil. Ou plutôt les instants avant le sommeil. Avant la paresse forcée. Ça aussi ça me remplit de bonheur. J'ai toujours hâte au sommeil.

L'humain n'a peut-être pas accès à sa vraie nature, mais il existe un lieu où il peut la chercher sans trop se faire mal. Et ce lieu s'appelle « paresse ». C'est quand je paresse que mes obsessions se révèlent. Et le sommeil est le seul endroit où, pour tous les humains, la paresse est permise.

C'est pour ça qu'on dit que la nuit porte conseil.

Je ne peux exiger le mérite d'avoir défoncé des murs alors que je ne les voyais pas.

Quelle est ta recette ? C'est le genre de question qu'on pose aux personnes qui ont connu un succès. Épluchons la mienne et voyons si l'on y trouve un peu de libre arbitre.

Je dois ma carrière à trois ingrédients qui se sont manifestés dans cette chronologie précise :

1. la capacité génétiquement acquise de faire de la musique et de chanter,
2. des raisons d'y accorder un intérêt particulier,
3. la nécessité d'en faire une obsession.

De ces trois choses, je ne suis à l'origine d'aucune.

La capacité :

Faire de la musique, dis-tu ? Mais je n'en ai jamais fait ! Elle s'est faite toute seule ! Je n'en ai été que l'instrument. Mais alors qui joue l'instrument ? Ah, ça, c'est une question pour Papa qui est aux cieux…

Je sais simplement que mon esprit l'a longtemps hébergé, le mystérieux créateur, et qu'il/elle s'est servi(e) de mes cordes vocales comme canal pour que la musique t'arrive. Mais je n'ai choisi ni la pièce, ni les meubles qui rendaient ma boîte crânienne un habitat propice aux fantaisies de l'harmonie musicale. J'ai encore moins choisi les combinaisons génétiques à l'origine de mon timbre de voix particulier.

Je me suis réveillé un jour, vers l'âge de dix ou onze ans, des mélodies me sont venues de je ne sais quelle dimension et je me suis mis à les chanter. Au même âge, je me suis rendu compte que j'avais une mémoire exceptionnelle pour les mélodies que j'entendais à la radio et ensuite les lignes de basse qui les soutenaient. À l'âge de treize ans, je m'amusais à chanter la basse de *I just called to say I love you*, de Stevie Wonder. Je ne le faisais pas. Ça se faisait tout seul.

Les raisons :

Je devais avoir quinze ans quand, un après-midi où je poussais innocemment la note dans ma chambre, mon père mélomane m'a entendu et m'a dit : « Pas mal, il y a quelque chose d'une Tracy Chapman dans ta voix. » L'attention d'un père à l'adolescence, mieux encore, une petite admiration de sa part… Une bonne raison de s'intéresser à quelque chose !

Depuis ce jour, fort des sollicitudes paternelles, j'ai dû prendre l'habitude de fredonner partout, souvent sans trop m'en rendre compte.

Jusqu'au jour où, à seize ans, lors d'une boum chez un copain, pendant un slow sur le hit *End of the Road*, de Boyz II Men, une jeune fille qui me plaisait m'a dit : « Tu chantes vachement bien ! » Une fille : une encore meilleure raison de s'intéresser aux choses !

Là encore, je n'ai rien fait. Tout s'est fait tout seul.

La nécessité :

Celle de faire de la musique mon obsession.

Jusqu'à la disparition de ma famille et mon exil en Allemagne, la musique n'avait été qu'un hobby. Un passe-temps qui semblait impressionner mon père et les filles de mon lycée.

Mais pour ce qui est de la vraie vie, je me rêvais plutôt architecte. J'ai toujours aimé le beau et j'ai toujours été bon en maths. Un architecte est un artiste qu'on prend au sérieux parce qu'on comprend ce qu'il fabrique. Un esthète concrètement utile. J'aimais l'idée.

Mais lorsque je me suis retrouvé sans famille ni patrie, une nouvelle priorité s'est imposée. Trouver à tout prix, et en quantité inépuisable, l'amour, pour remplacer celui qui m'avait été volé. Si la musique était capable de m'avoir l'attention de mon père et celle des filles, elle devait certainement être capable de diriger les regards des foules dans ma direction. Et, avec eux, leur amour.

Tout le long des marches exodiques qui m'ont fait traverser le Rwanda jusqu'au Zaïre, je chantais. M'imaginais des mélodies. Des suites d'accords. Je ne faisais que ça. Pour me distraire des atrocités sur la route. Pour avancer. Et ça marchait.

Une fois la vie normale retrouvée, en Allemagne, et plus tard au Québec, j'ai continué à imaginer cette musique. Tous les jours de ma vie. Pour survivre aux traces d'un passé assassin. Tous les matins à mon réveil et tous les soirs avant de me coucher. Mon obsession était d'une puissance telle que je n'arrivais plus à distinguer mes « rêves de star » et ma réalité de jeune étudiant immigrant à Montréal, qui travaillait au centre d'appel d'Air France pour payer son loyer.

Mes collègues pensaient à tort que j'étais leur voisin de cubicule… Dans ma vraie vie, j'en étais déjà à mon deuxième rappel à l'Olympia.

Si je supprimais ne serait-ce qu'un de ces trois ingrédients de mon chemin de vie, je serais peut-être aujourd'hui architecte, peut-être ingénieur comme mon père, prof de philo au cégep ou à l'université… qui sait ? Toutes ces versions de moi semblent réalistes et existent peut-être dans une potentialité alternative. Mais une chose est sûre, je n'aurais jamais écrit *Parce qu'on vient de loin.*

La persévérance est applaudie de tous, précisément parce qu'elle implique une volonté libre de la part de celui/celle qui la met en œuvre. Et le persévérant accepte l'ovation parce qu'il croit à la force et se pense le créateur de cette force et donc responsable de la chaîne complète à la fabrique de ses victoires. Malgré les obstacles.

La persévérance serait un avancement désiré, conscient et soutenu, n'en déplaise les résistances. Sauf que voilà, moi, les résistances sur le chemin vers mes triomphes, je ne les ai jamais senties. Je ne mérite donc pas d'applaudissements.

Je ne peux exiger le mérite d'avoir défoncé des murs alors que je ne les voyais pas.

Or, ne pas voir le réel devant soi, on appelle ça de la folie.

Je n'ai jamais réussi à force de faire plus. J'ai réussi parce que j'étais fou.

C'est ma persévérance à moi. Ma folie. Je ne l'ai pas demandée. Ni méritée. Elle s'est imposée à moi. Comme toutes les choses qui importent plus que le reste. Comme la vie. Comme la mort. Comme l'amour.

Il n'y a que les fous qui réussissent. Je te parle des grandes réussites, les succès qu'on envie tous, tout en acceptant la possibilité qu'ils nous soient inaccessibles.

Les succès qui hurlent fort. Les succès qui font rêver, les réussites exceptionnelles, panthéoniques.

Quand il avait dix ans, mon fils Merik, mordu de foot, m'a demandé : « Papa, penses-tu qu'un jour je pourrais être aussi bon que Ronaldo ? »

Et je lui ai répondu : « J'espère que non, et en fait je ne le pense pas… Tu n'es pas assez fou, et heureusement. Ça veut dire qu'il ne te manque pas assez de choses pour que tu ne t'obsèdes que d'une chose. Tu as un amour gourmand. Tu aimes ta famille, tes amis, le foot, le basket, les jeux vidéo et tu n'es pas assez blessé pour choisir, à dix ans, un bonheur spécifique au détriment de tous les autres. Pour être Ronaldo, il faut avoir beaucoup manqué. Je te souhaite de ne jamais manquer autant. »

Il n'y a que les fous qui réussissent à ce point-là.

Et comme ceux qui réussissent sont les seuls historiens légitimes du succès, les représentations que nous nous en faisons sont, elles aussi, aliénées.

Ce que la société exige de nous est d'une schizophrénie inouïe. Il faudrait qu'on soit bien dans la tête et en même temps une réussite exceptionnelle et ostentatoire serait l'horizon souhaitable par tous.

Alors qu'il n'y a aucun lien entre les deux ! Les deux sont même incompatibles.

Je n'ai jamais vu des artistes aussi mal dans leur être que ceux qui étaient au top de leur notoriété. Moi inclus.

2004, 2005, mes années d'explosion, *Parce qu'on vient de loin*, les Zénith remplis, les paparazzi… c'est la période où j'ai été le plus malheureux.

Et c'est un survivant d'un génocide qui te parle !

La notoriété, c'est une traître punition.

Elle se cache tellement bien derrière les privilèges mondains qu'elle te procure que tu ne vois pas qu'elle est en train de te prendre plus qu'elle ne te donne.

L'autre jour, j'ai entendu LeBron James dire dans une interview : « Les premiers sacrifiés, quand on veut être excellent, sont ceux qu'on aime le plus. » Voilà. C'est quoi ça, si ce n'est pas de l'aliénation pure ?!

LeBron James nous parle de ses priorités. Il y a des humains qu'il aime, ses enfants, leur mère, certes, mais plus important encore, il doit mettre fin au débat du GOAT[1].

Le plus triste dans cette histoire, c'est qu'il aura manqué des moments importants dans la vie de ses garçons pour un débat qu'il ne gagnera jamais contre

1. *Greatest of all time.*

Michael Jordan. Comme Ronaldo ne gagnera jamais le débat CR7/Messi.

C'est une règle constante dans l'histoire de tous ceux qui ont fait la course au podium de l'excellence. Le sommet avec un projo sur la tête, c'est le moyen le plus facile d'être une cible. Et les pires balles ne sont pas celles qui te font redescendre. Non, les pires projectiles sont ceux qui ont pour but de te garder sur le podium mais juste pas en première place. Réduisant ta légende à une banale humanité.

Alors que la première place était ton seul argument pour expliquer que ça valait le coût de rater quelques anniversaires de ton gamin.

C'est pour ça qu'ils sont rarement agréables, les gens au sommet de leur art. C'est parce que, quand tu leur mets un portable dans le visage pour un selfie, eux, ça fait depuis leur consécration qu'ils en veulent à la vie de les avoir trompés. La vie a manqué de les prévenir, en amont, des sacrifices… Aucun degré d'excellence ne préserve les humains de leur inévitable humanité.

À peu près tous les anciens très grands athlètes, les grands artistes, les grands hommes et femmes d'affaires que j'ai rencontrés, et qui étaient dans leur troisième âge, m'ont dit la même chose : « Si j'avais su ce que je sais maintenant, j'aurais fait moins, ça n'en valait pas tant la peine. »

L'effort au service de l'excellence, c'est un peu comme monter jusqu'en haut d'une montagne parce qu'on t'a dit qu'une fois au sommet, tu deviens Dieu. Qui ne voudrait pas être Dieu ? Ça t'évite, après tout, plein de petites misères humaines. Alors, tu t'équipes d'un tas de choses nécessaires pour survivre à ta randonnée.

Sauf que plus tu montes, plus le poids de tes essentiels complique et ralentit ta montée. Alors tu t'allèges un peu. Puis un peu plus.

Il commence à te manquer un peu de vivres et de vêtements chauds mais tu te dis : « Ça vaut le coup. Et puis une fois un Dieu, je n'aurai plus besoin de tout ça. » Tu arrives enfin en haut de la montagne et réalises, à ton grand étonnement, que tu n'es pas seul à avoir fait le voyage.

Il y a des milliers d'autres alpinistes, adeptes de l'excellence, à poils, déshydratés, en hypothermie, corps et âme affamés.

Tu te réjouis deux minutes d'avoir trouvé l'or qui abonde sous le sol en altitude, mais comme tout le monde en a, l'or ne vaut plus grand-chose.

Au sommet, tout le monde est Dieu et donc personne ne l'est.

Quelle déception ! Tout ça pour ça ? « Je ne l'accepte pas ! Mes sacrifices ne seront pas en vain ! » hurle ton dedans.

Il faut qu'il y ait retour sur investissement.

Et c'est là que tu te rappelles qu'à la base, l'idée était d'aller toucher le ciel et qu'avant de monter, tu en avais fait des caisses auprès des gens que tu avais laissés au pied de la montagne. Que tu avais dit à tout le monde que tu étais fait d'une autre matière, toi. Que tu faisais partie de ceux qui excellent, toi.

Hors de question de revenir les bras ballants !

D'accord, le sommet n'était pas du tout ce que tu espérais, tu n'en es pas revenu Dieu. Pire encore, tu en es revenu plus fragile, mais les pauvres gens en bas, eux, ne le savent pas ! Car la seule façon de savoir ce qui se passe en haut de la montagne, est d'y avoir été soi-même.

Tu peux donc leur raconter ce que tu veux de ton périple.

Rien n'est encore perdu ! De tous ceux qui sont restés en bas, et ils sont les plus nombreux sur Terre, tu peux encore être le Dieu.

Tu redescends la montagne, récupères quelques fringues abandonnées au rebord d'un flanc lors de ta montée et tu t'entraînes fort à redresser ta posture pour maquiller un corps usé par l'abnégation.

Dans la vallée, tu retrouves une foule en transe. Des étrangers, mais pas que, ta famille, tes amis, tes anciens amours, ils croient tous en ta déification.

Eh bien oui, puisque tu es monté là où ils ne mettront jamais les pieds, que tu en reviens la poitrine bombée avec l'aura d'un grand conquérant et que tu portes forcément sur toi tous leurs impossibles.

Tu es parti un homme ou une femme et tu es revenu un dieu ou une déesse, et l'or et d'autres babioles étincelantes que tu rapportes de ta campagne sont là pour le prouver.

Mais tu sais la vérité. La vraie raison de ton escalade. Tu courais dans tous les sens, tes traumas aux fesses, et tu t'es dit que tes pires souffrances ne te suivraient certainement pas jusqu'au ciel, alors tu as pris le chemin horizontal. Au sommet tu n'as trouvé ni divinité ni guérison. Tu as touché l'Everest mais tu n'y es pour rien, c'est une douleur qui t'y a hissé et les humains-dieux n'existent pas.

L'histoire est peut-être vraie mais elle est chiante à mort.

Tu n'en guériras pas plus de tes démons… Et pour les Terriens, tu seras pire que leur égal, tu seras un humain qui s'est pris pour un autre.

Ils t'en voudront même si tu leur dis une mi-vérité.

Si tu dis que tu redeviens un humain mais que, quand même, tu mérites des applaudissements pour les actions et les choix qui t'ont mené au sommet, les Terriens te diront : « Pardon, mais s'écorcher les mains dans l'effort pour au final mourir en simple humain, nous aussi on sait faire… »

Et si tu dis que tu es Dieu mais que tu n'y es pas pour grand-chose, tu seras forcé de répondre à la question qui tue : « Pourquoi toi et pas nous ? »

Et c'est là que tu fabriques le mythe. Tu leur dis que non seulement tu es arrivé au sommet par la sueur de tes bras, mais tu ne leur révéleras la brutale désillusion vécue en altitude que lorsque tu seras devenu trop vieux pour faire semblant.

Non, ceci n'est pas une apologie de l'inertie. Ce serait insensé de défendre l'impossible. Et oui… Ce que l'humain réussit avec le moins d'efforts, c'est survivre.

Et la seule façon de survivre est d'avancer.

L'humain qui désire rester en vie n'en a pas le choix. Il/elle avance.

C'est dans nos paramètres d'usine. Ceux qui n'avancent pas, c'est qu'ils ont choisi la mort.

Ce qui est compliqué à faire pour l'humain n'est pas faire l'effort vers une excellence générique et formatée par le marché mais plutôt trouver sa propre excellence.

Et ce travail, vois-tu, n'est possible que grâce à une disposition beaucoup trop sous-cotée : la paresse.

Le seul et unique état où il nous est permis d'errer librement, dans les entrailles de nous-mêmes, pour retrouver les traces de passions depuis longtemps oubliées en enfance.

C'est le paradoxe de la paresse.

Il y a un mouvement dynamique et puissant qui existe dans le fait de ne rien faire. C'est en cessant de faire qu'on accomplit le plus complexe : aller à la rencontre de ce qu'on ferait si on ne faisait pas ce qu'on est forcés de faire.

Un excès de transpiration ne garantit en rien la réussite. Je connais énormément de gens qui travaillent très fort et ne « réussissent » pas.

Et puis, qu'est-ce qu'est la réussite ?

La réussite la plus rare est celle de l'âme. Celle-ci ne s'obtient pas par l'effort ; autrement les gens dont on dit qu'ils ont réussi auraient l'âme en paix.

L'affaire avec une âme sereine, c'est qu'elle se reconnaît à l'œil nu.

Et on voit bien que les grands de ce monde ont l'âme qui bagarre.

Je simplifie un peu, mais LeBron James n'est pas parmi les meilleurs de tous les temps parce qu'il a plus le gène de la persévérance qu'un autre.

Il est juste plus grand que la moyenne, il a un QI spatial et kinésique plus élevé que la moyenne, il a rencontré son conatus tôt dans sa vie car il avait des choses à prouver à un père absent et s'ajoute à ça tout un tas de hasards qui, isolés, semblent anodins, mais qui, réunis, expliquent clairement son chemin vers le sommet… Et il n'a rien choisi de tout ça.

Prenons le cas de Ronaldo, l'idole de mon fils.

Ce qui fait l'unanimité quand on parle de CR7 c'est qu'il travaille plus fort que tous ses coéquipiers. Dans le sport professionnel, il est sans doute l'exemple incontesté de l'effort. Et je soupçonne qu'il déploie tout cet élan avec pour moteur son ambition de marquer l'histoire comme étant le plus grand footballeur de tous les temps. Seulement voilà, pour y arriver, il y a un trophée qu'il doit absolument soulever. Pour mettre fin au débat CR7/Messi, Ronaldo doit gagner la coupe du monde. Il a quarante et un ans et en aura quarante-trois lors de la prochaine. Compétition à laquelle participeront l'Argentine de Messi, l'Espagne des jeunes prodiges Yamine Lamal et Nico Williams, le Brésil de Vini… Si j'étais parieur, je ne mettrais pas mon argent sur lui. Et j'espère me tromper car, comme tout le monde, j'ai un faible pour les grandes épopées qui finissent bien.

Je ne dis pas que, quand Ronaldo décide de s'entraîner deux heures de plus que ses coéquipiers, il n'exprime pas une volonté précise. Je dis simplement qu'il n'a pas choisi les événements dans sa vie qui ont construit cette si singulière psychologie.

— Eh ben oui !!! Vous agissez selon vos manières de penser, et ces dernières se structurent en dehors de vos volontés.

Désolé, Papa vient quand il a envie, je n'y peux rien…

— Même la capacité de penser que vous pouvez changer votre manière de penser est déterminée par l'enfance que vous avez eue. Il y a des enfances qui font des cerveaux travaillant et d'autres qui font des cerveaux contemplatifs. Tellement contemplatifs qu'ils finissent par voir ce que les autres ne voient pas. Il y a les bosseurs et les artistes. Et votre monde pour sa propre survie a besoin des deux. Celui qui imagine est inutile sans celui ou celle qui exécute et vice-versa. Sauf que, me semble-t-il, votre société laisse peu de place pour les enfants qui travaillent moins mais qui pensent beaucoup.

Ce que j'ai vécu, dans ma propre carrière, me fait penser que tout ce que j'ai accompli d'exceptionnel avait déjà été choisi pour moi. Je n'ai fait qu'obéir. À qui, à quoi ? Faudrait demander à Papa…

Si ça se trouve, comme le sourire de mon père, j'ai oublié de grandir et c'est moi qui ai tort. Mais s'il s'avère que j'ai raison, et que la plus grande part des choses qui décident de ma place dans le monde sont choisies pour moi et non pas par moi, ça veut peut-être dire que l'inconfort qui accompagne les efforts répétés n'est en rien justifié. À la limite, la douleur ressentie quand on force trop est une boussole et toute résistance trop persistante est un signe qu'il faut aller voir ailleurs.

Alors voici un aveu.

Quand tu m'as vu débroussailler, initier, provoquer, entêté, inépuisable, ce n'était pas parce que je suis un être de nature plus persévérante que toi. Non. C'est simplement qu'il m'a été clarifié, et assez tôt dans ma vie, ce que je n'avais pas le choix de faire. Celui ou celle qui tire nos ficelles, le/la proprio de Papa en haut là-bas, m'a indiqué, tôt dans ma vie et on ne peut plus clairement, les couleurs de mon mouvement de vie. Ce à quoi j'allais devoir survivre. Mes nécessités. Ce que j'ai longtemps appelé « persévérance » n'était en fait rien d'autre qu'une réaction naturelle à ce que, sans concession, m'exigeait la vie.

Il/elle m'a donné un intérêt en musique, m'a donné un père capable de l'apprécier et m'a enlevé famille et patrie à dix-sept ans avec une violence décomplexée.

Ce à quoi j'allais devoir survivre m'a été grassement marqué de terre et de sang.

Tout l'intérêt de souffrir est là. C'est la souffrance qui éclaire le plus nettement les couleurs de notre conatus, ce que l'on n'a pas le choix de faire.

Je n'ai plus besoin d'être parmi les dieux pour me rapprocher de vous…

Je ne suis plus sûr que c'est dans la lumière que mes besoins sont satisfaits. Je suis même convaincu du contraire. Moins on me remarque, plus je suis heureux. Qu'est-ce qui a changé en moi ? Moi qui vis sous les projecteurs depuis plus de vingt ans.

J'en parle à Papa.

— Papa, j'ai une confession à te faire. Je renonce à ma carrière de chanteur.

— Ah ! C'est bien ça ! Il faut renoncer !

Dès qu'il monte en sérieux, mon père se met soudainement à parler comme un Congolais. Je le comprends un peu… C'est vrai qu'il y a un poids, voire un souci de noblesse dans cet accent.

— Il FAUT – trois tons plus haut – RENON – trois tons plus bas – CER – trois tons plus haut.

Il ne dit pas REnoncer mais RÉnoncer… Les Congolais disent *É* au lieu de *E* et vice versa. Le même type de dyslexie phonétique que les Québécois lorsque, en anglais, ils échangent les *H* et les *A* en début de mot.

C'est une des rares justices dans ce monde. Le plaisir de punir la langue du colon de sa propre fantaisie !

D'ailleurs, dorénavant, va sur YouTube, recherche Dr Mukwege, prix Nobel de la paix 2018, et fais de sa voix celle de mon père.

— Dis-moi tout ! Pourquoi tu veux arrêter de chanter ?

— Je souffre moins. Je n'en ai plus besoin.

— Tu penses qu'il faut souffrir pour avoir besoin de lumière ?

— Euh, oui… Un peu quand même… C'est quand même parce que Maman et toi vous êtes barrés prématurément que j'ai dû me débrouiller et trouver un peu d'amour ailleurs…

— Tu penses que tu n'aurais pas été chanteur sans la mort de Maman et moi ?

J'étais persuadé de pouvoir lui soutirer un peu de culpabilité en lui disant ça. L'idée que j'ai été en manque d'amour après leur disparition au point d'aller en chercher dans une lumière aussi brûlante que celle du showbiz ne lui fait rien du tout.

Encore une fois, si peu d'empathie au paradis… ?

Chère amie, cher ami, je commence à partager ton doute… Mon père est-il vraiment là-haut ? Mais bon… Je n'ai plus dix-sept ans alors je garde mes lamentations pour Sofia, plus tard, avec un verre de scotch.

— Je n'ai pas dit que je ne souffrais plus, j'ai dit que je souffrais moins. Il me reste encore quelques besoins. Juste pas celui d'être dans la lumière…

— Qu'est-ce qui te pose problème avec la lumière ?

— Elle me fatigue. C'est beaucoup de travail quand on n'en profite plus.

— Qu'est-ce qui a changé ?

— La célébrité, c'est une lumière qui met en cage. J'imagine que ça devait faire mon affaire à une époque… Mais je ne suis plus intéressé à vivre à l'écart de la vie. Quand vous êtes partis, Maman et toi, vous m'avez laissé seul en terre inconnue. Alors je me suis dit que la meilleure façon de survivre à l'étranger était d'y prendre le pouvoir. Et c'est dans la lumière que je l'ai trouvé. Régner sur le monde de mon talent ! Je pouvais me méprendre pour un homme-sauveur pendant deux heures, en sueur sur un autel orné de musique, et trouver du confort dans le fait qu'une fois la messe terminée, je pouvais vous retrouver dans ma solitude. Seul, j'étais plus proche de vous parce que dans le monde des vivants, vous m'étiez inaccessibles. C'était ma danse. Le corps sur le plancher et l'esprit près des dieux.

— Et aujourd'hui ?

— Ben… J'ai plus besoin d'être parmi les dieux pour me rapprocher de vous… Vous êtes sur les visages de mes enfants maintenant. Merik et Mila vous ont ramenés sur terre. Elle m'intéresse beaucoup plus, cette petite roche de planète depuis eux. Je sais pas… Je pense même qu'elle pourrait me suffire.

— C'est pas mal, fiston… Pas mal du tout. Tu y arrives tranquillement.

La fierté d'un père… La principale raison pour laquelle un fils se démène.

Quand même, c'est trop de pouvoir pour un seul homme, aussi proche des étoiles puisse-t-il être. Une autre chose de mal faite.

— Merci Papa.

— Alors qu'est-ce qui te manque… ?

— J'ai besoin de savoir que mon bonheur d'aujourd'hui ne disparaîtra pas comme vous avez disparu.

— Il n'y a aucune garantie pour ça, fils, malheureusement…

Se pardonner de ne pas avoir compris assez tôt que l'école seule ne fait pas le bonheur.

L'autre jour, une collègue de travail me racontait le calvaire de son fils à l'école. « Il a beaucoup de mal, rien ne l'intéresse, du coup il a des mauvaises notes, il se sent cancre, il est stigmatisé… C'est dur… »

Je lui ai alors demandé si vraiment rien ne l'intéressait et elle m'a répondu qu'aucune des matières « importantes » ne l'intéressait.

Et je lui ai alors dit : « O.K., mais en dehors de l'école, il doit bien y avoir au moins une chose qui l'intéresse ? »

Elle a pris quelques secondes pour fouiller dans sa tête et nonchalamment elle me sort : « Ah oui, il est obsédé par les plantes… Il connaît tout sur les fleurs, tout sur les conifères. C'est hyper long quand on marche vers la maison après l'école, parce qu'il m'arrête tous les dix mètres pour me dire le nom d'un arbre… »

J'ai éclaté d'enthousiasme ! Elle n'a pas tout de suite compris. Je lui ai dit, toutes pupilles dilatées : « Mais c'est trop cool !!! »

Et elle m'a regardé en mode, « Tu vas bien… ? »

J'ai enchaîné, voyant sa confusion : « Ben, ton gars, c'est un botaniste ! Il a trop de chance ! Il aura pas à se taper des années d'errance professionnelle, il sait ce qu'il fera quand il sera grand ! Moi ça m'aura pris quarante-huit piges ! »

Et elle m'a répondu, le regard légèrement heurté : « Mais savoir les noms de toutes les plantes ne lui sert à rien à l'école, en troisième année de primaire… »

Et je comprenais ce qu'elle voulait dire. L'avenir est mieux tracé pour les petits cerveaux matheux et le chemin est plus compliqué pour un môme qui ne s'obsède que de tulipes et de fuchsias à dix ans.

Pour ma part, je suis ce que les Américains appellent un « *college drop-out* ».

À quelques semaines d'obtenir mon diplôme en communication de l'université de Concordia, j'ai déserté les rangs. Le temps que je passais dans les auditoriums du campus Loyola à Montréal, c'était du temps que je ne passais pas sur mon premier album qui mijotait dans ma tête depuis quelques années déjà. Il a fallu que je me le pardonne. Elle mérite son propre nom, cette honte qui accompagne les études non achevées. Dans mon cas, il y avait un peu de la déception de mon Papa que j'imaginais, mais aussi celle de Jean-Pol, mon père d'adoption, lui aussi ingénieur. Mais une fois les « déçus » potentiels identifiés et fort de ma musique comme mon conatus révélé, le pardon n'a pas été trop compliqué.

Il y en a aussi qui, un jour, doivent se pardonner de ne pas avoir compris assez tôt qu'il n'y a pas que les grandes études qui font le bonheur. Et je soupçonne Papa d'être dans cette équipe-là. Tout ingénieur qu'il était, il m'a plus souvent parlé de Beethoven que de circuits électriques. Si je sais à peine changer une ampoule, c'est de sa faute, et si j'ai la musique, c'est grâce à lui.

Je me rappelle de mes fins d'année scolaire au primaire, au Rwanda, à l'école du camp militaire de Kigali. Chaque fin d'année, tous les élèves se réunissaient dans la cour d'école pour la grande consécration. Ou la grande humiliation, selon qu'on se retrouvait sur le podium ou pas. Oui, le podium…

Chaque fin d'année, avant les vacances d'été, tous les élèves, le personnel de l'école et les parents assistaient à une solennelle cérémonie. Le couronnement des trois meilleurs élèves de chaque classe. C'était toujours la matinée du dernier samedi de l'année scolaire.

Je me souviens du soleil franc au mois de juin, des grandes rangées d'élèves, ordonnées par classes et convergeant vers l'ancien drapeau rwandais, rouge-jaune-vert, qu'un vent paresseux faisait flotter. Les filles étaient en robe bleu azur, les garçons en chemises manches courtes et shorts beige kaki, certains portaient des souliers, d'autres étaient pieds nus.

Je me souviens de la grande cour en terre rouge brique qui s'élevait en petite spirale de fumée au moindre pas.

Il devait y avoir mille deux cents élèves en tout et une fois les rangées bien en place, un prof désigné donnait la mesure pour l'hymne national. «*Rwanda rwacu, Rwanda gihugu cyambyaye…*» «Notre Rwanda, Rwanda pays qui m'a mis au monde…» Je dois préciser que l'hymne national a changé depuis mon exil. Les couleurs du drapeau aussi. Les Rwandais resteront toujours mon peuple mais le Rwanda est-il toujours mon pays ?

Après l'hymne à la patrie, chaque prof à son tour avançait jusqu'au pied du drapeau et prenait le micro pour dévoiler le top trois académique de sa classe. D'abord la troisième place, la deuxième et le champion pour finir. Comme aux jeux Olympiques.

Les classes encerclaient la cour et la voix du prof réverbérée par les murs des bâtisses résonnait comme un verdict d'en haut. « En première année, classe A, en première place, Corneille Nyungura ! »

J'ai occupé la première place de ce podium chaque année de mon parcours primaire, mais comme mon père et ma mère m'avaient toujours dit qu'ils avaient réussi le même circuit à mon âge, le statut de premier de classe ne me faisait pas grand-chose.

Je me souviens de mes deux camarades médaillés d'argent, Aimable en quatrième et Yves, en cinquième. Ils ne me disaient jamais rien de déplacé aux remises des résultats de fin de trimestre, mais par-delà leur fausse indifférence, je les entendais marmonner : « D'ici la fin de l'année, on va t'avoir ! »

Déjà avant la préadolescence, pour quelqu'un j'étais un homme à abattre.

Mais me faire menacer d'un stylo bic trois fois par an ne me faisait ni chaud ni froid, probablement parce que, contrairement à eux, je n'avais jamais accordé trop d'importance au podium et sa liturgie. Pour moi, c'était surtout un samedi où j'avais les arguments pour me faire gâter par ma mère de quelques cadeaux d'exception.

Mais aujourd'hui, je mesure la violence de cette cérémonie. Pour Aimable et Yves, mes Némésis, mais surtout pour les autres oubliés ainsi que pour leurs parents. À l'école primaire, nous étions quarante par classe. Si le trône du podium académique me remplit aujourd'hui d'une certaine confiance, qu'est-ce que l'école a fait à la petite fille ou au petit garçon qui oscillait toujours entre la trente-cinquième et la quarantième place ?

L'effort déployé par l'école pour afficher l'importance d'arriver en tête au podium scolaire était si criant… Plusieurs confiances, assurément, ont dû y laisser leur peau. Après chacun de ces samedis matin, plusieurs humains ont dû rentrer chez eux en se disant « nous sommes moins que les autres ». Pour moi, c'était Noël en juin mais pour d'autres, ce samedi était un vrai cimetière des amours-propres.

La cruauté… Dire à une société que la compétition, selon des critères, pardon mais… arbitraires, est un système légitime pour indiquer à des enfants de neuf ans qui a de l'avenir et qui n'en a pas. Parce que la manière des humains, depuis le début, de signaler qu'une chose est sacrée a toujours été la cérémonie.

Et ces samedis matin étaient on ne peut plus cérémonieux.

Drapeau, chant patriotique, escalier à trois paliers vers le firmament…

Dans mon école primaire, les cancres perdaient la face devant la nation et devant Dieu.

Et à l'inverse, je sais l'arrogance que ça procure de se faire croire qu'on est plus intelligent que les autres. J'en suis la preuve vivante. Le souvenir de ces fins d'année scolaire a longtemps été les fausses armes dont je me suis servi pour survivre à mes grandes déchirures. Quand je me sentais dépassé par mon histoire.

Au sommet de ma gloire, nez à nez avec mes démons, au lieu de demander de l'aide, je me disais : « Tout ça m'est arrivé parce qu'après tout, aux êtres exceptionnels des vies exceptionnelles ! Et je suis une exception humaine parce que je sais mieux que les autres… La preuve, j'étais le roi du podium à l'école primaire. Je saurai régler mes problèmes moi-même. »

Se faire dire par la société, à neuf ans, qu'on est plus que les autres n'est pas non plus un cadeau. On finit par le croire. Le jour où la vraie vie nous ramène à l'ordre, la chute n'en est que plus amère.

Au final, mettre les enfants en comparaison d'intelligence met en péril l'humanité entière…

Les cancres comme les premiers de la classe… Les cancres iront voir un psy pour savoir comment réparer leur confiance, et les premiers de la classe, aveuglés par leur arrogance, n'iront voir un psy que trop tard !

Mais pourquoi mettons-nous l'intelligence scolaire si haut au panthéon des valeurs ? Parce que la vertu est implicite dans les diverses définitions qu'on en trouve.

Quand on dit d'une personne qu'elle est intelligente, on dit d'elle, sans le dire, qu'elle est à envier, qu'elle représente un modèle, qu'elle est à applaudir.

Mais qu'est-ce que l'intelligence et comment est-elle acquise ?

Peut-être que l'intelligence, pour mériter les éloges qu'elle récolte dans ce monde, ne devrait avoir qu'une définition : la capacité d'améliorer ce même monde.

Autrement dit, plus grand est le nombre de gens qu'on fait souffrir, moins on devrait être considéré intelligent.

L'intelligence mesurée par des examens qui ne peuvent analyser que la dimension génétique des choses ne garantit en rien, pour son détenteur, un apport positif à la société.

Le talent c'est une chose, mais ça n'a rien à voir avec l'intelligence. Bien au contraire… Le talent est souvent une autorisation pour faire souffrir les autres.

Les vrais intelligents sont les talentueux qui résistent à l'envie de ne pas foutre des vies en l'air avec leur talent.

Intelligence… *Inter legere.* Si on remonte à l'étymologie latine du mot, on y trouve la notion de recueillir… En vérité, l'intelligence telle qu'on l'entend dans nos sociétés ne mesure que la capacité de recueillir de l'information, de la retenir et de savoir s'en servir pour son propre avancement. Tu es intelligent... Bravo, tu as un magnifique et performant disque dur et tu sais comment en profiter.

C'est cette intelligence que notre société a mise sur un piédestal.

C'est ce qui nous autorise à regarder les autres animaux de haut.

Savoir que 6 x 9 = 54, s'en rappeler toute notre vie et surtout savoir comment s'en servir pour être quelqu'un. Savoir recevoir, retenir et traiter de l'information... Mauvaise nouvelle, les humains les plus intelligents sont en train d'inventer des machines qui seront infiniment plus fortes dans la cueillette, la rétention et l'association.

À moins de revoir la définition de cette intelligence qu'on admire tant, on est cuit!

Pour vivre mieux, à l'intelligence on devra inséminer une nouvelle notion: savoir comment mettre les données recueillies au service de l'amour.

Quand on fait l'inventaire de ce que les gens dits les plus intelligents ont créé, je ne suis pas toujours impressionné.

Prenons les réseaux sociaux par exemple. Il a fallu les plus grosses têtes de la Silicon Valley, des grandes universités américaines et des plus grands investisseurs en capital risque pour accoucher d'une armée d'algorithmes qui ne carbure qu'au pire chez l'être humain.

J'ai entendu un ingénieur en intelligence artificielle expliquer le principe de l'algorithme des réseaux sociaux. Il expliquait que l'algorithme est conçu pour créer des accidents.

Vous connaissez le phénomène du trafic secondaire après un accident routier ? Il y a le trafic primaire, après un accident, qui ralentit la circulation parce qu'il vient d'avoir lieu et que les secours et la police n'ont pas encore eu le temps de dégager la route. Ensuite, une fois la voie libre, il y a un autre trafic qui est simplement causé par les curieux attirés par l'action et les lumières des voitures de police.

Il y a même parfois un ralentissement des voitures qui sont en sens inverse, de l'autre côté du terre-plein, des gens qui ne sont en rien affectés par l'accident mais qui ressentent un besoin absurde de lever le pied de l'accélérateur par voyeurisme. Je ne juge pas, je fais la même chose.

Eh bien l'algorithme, c'est un petit robot vicieux caché derrière un buisson, qui est payé au nombre de conducteurs bêtement curieux qui ralentissent pour voir ce qui se passe. Que pensez-vous qu'il finit par faire, le petit robot… ? Il n'est pas plus con qu'un autre, il se met à causer des accidents.

Je lance un défi aux ingénieurs en IA, programmeurs, codeurs, mineurs de crypto, spécialistes en cyber sécurité… Je vous implore ! Trouvez-nous un algorithme qui sort le meilleur de nous, qui incite à la douceur et à l'expression de bons sentiments.

Développez-nous des plateformes sociales où la bienveillance est monétisable.

Un monde où, plus vous utilisez des phrases-clés du genre « Je te comprends », « Tu as peut-être raison », « Je me suis trompé », plus l'algorithme vous recommande aux autres utilisateurs. Un monde dans lequel la viralité des contenus dépend de votre intention claire d'aller vers l'autre.

Ces algorithmes sont bien des fabrications humaines, non ? Si on peut en programmer pour aimer les crashs humains, on peut aussi en faire qui préfèrent le contraire, non ?

Si une formation en informatique à Yale t'amène à inventer ce qui est aujourd'hui devenu X et TikTok, je ne suis pas sûr que les mathématiques méritent la place qu'elles occupent dans les classes de l'école primaire.

L'intelligence, l'intelligence… Une autre affaire qui nous fait oublier que nous sommes UN. Pour chaque génie-inventeur d'une technologie qui ruine l'âme humaine, il y a un agriculteur qui s'entend avec la nature pour nourrir sa terre… Et de lui, peu de gens diront qu'il est un génie. Cet agriculteur, Elon Musk, toi et moi sommes UN, valons la même chose, sommes les membres du même corps.

On en fait un paquet pour rien de cette prétendue intelligence.

En plus, c'est que ça déprécie vite cette affaire-là.

Les intelligents d'hier sont les bêtes d'aujourd'hui.

Les humains ont pensé que la Terre était au centre de l'Univers plus longtemps qu'ils n'ont pensé le contraire. Cela veut dire qu'avant le XVIe siècle, certains des êtres humains les plus érudits étaient convaincus que la Terre ne bougeait pas et qu'elle était au centre de l'Univers. Pourtant il y en avait, du monde intelligent…

Avant que Copernic ne démontre le mouvement de la petite roche que nous habitons, on avait déjà inventé des choses extraordinaires, comme la boussole, l'imprimerie, le télescope… Et tous ces génies-là pensaient que le soleil tournait autour de la Terre.

À moins qu'ils n'aient fait les idiots pour éviter le sort de Galilée… Parce qu'avant Galilée d'autres l'avaient énoncé, et pourtant…

Aujourd'hui la théorie héliocentrique est considérée comme une vérité scientifique aussi solide que la gravité. Mais, de son vivant, le dernier gars à l'avoir confirmé a été condamné à la résidence surveillée. Juste parce qu'il l'a dit à la mauvaise époque. Ce n'est pas tout de faire de la science, il faut aussi choisir le bon timing.

— Toc, toc ?

Ah, c'est le vieux… Il a appris des manières, il cogne avant maintenant.

— Salut Papa !

— Désolé, j'ai pas pu m'empêcher… La question se pose fiston : qui sont les Galilée de ton monde et qu'ont-ils découvert qui vous foudroierait les esprits aujourd'hui et qui ne vous sera révélé que dans cent ans pour montrer à quel point vous étiez bêtes en 2025 ? Vous êtes toujours si loin du vrai savoir…

Je commence à m'y faire. Papa est au paradis mais il insiste pour rester mon père. Il ne sait pas faire autrement que me faire la leçon.

Mais j'ai de plus en plus de misère à le contredire et à propos de l'intelligence, ce qu'il dit titille mon intuition. Peut-être bien que le monde n'est qu'une simulation, comme dit le psychologue Donald Hoffman… Peut-être bien que les écureuils, qui ne payent pas d'impôts, n'auront jamais besoin de passer le permis ni une douane d'aéroport et se font des festins dans ma poubelle tous les matins, sont plus malins que moi. Peut-être bien que les tulipes ont une conscience. Peut-être bien que je ne sais rien. Je dois donc me pardonner de ne pas savoir grand-chose pour éviter d'en vouloir à un autre que j'estime, à tort, ne pas savoir autant que moi.

Dans les fondations psychologiques de nos sociétés rongées par le «les miens contre les tiens» se trouve aussi le «je sais mieux que toi». Si j'en crois les réseaux sociaux, le monde de la connaissance est divisé entre, d'un côté, des lobotomisés par l'université et, de l'autre, des complotistes névrosés qui ont perdu le contact avec la réalité. Je me sens perdu dans ce monde où tout le monde fait semblant de savoir.

Et puis, qu'est-il possible de vraiment savoir?

Le savoir évolue et nous sommes tous condamnés à devenir un jour les bêtes des générations futures. Et si l'intelligence est le don du savoir, comme nous ne vivons pas éternellement, nous mourrons tous bêtes.

À quoi ça rime alors, ce culte à l'intelligence?

À moins qu'on ne redéfinisse l'intelligence… Dans le nouveau monde que je souhaite, l'intelligence serait la capacité de savoir judicieusement choisir ce qu'on désire pour le monde. Si les inventeurs de Facebook et Twitter s'étaient sérieusement demandé ce qu'ils souhaitaient pour l'âme humaine avant de s'égarer dans leurs codes, on aurait évité plusieurs dégâts spirituels.

Mais peut-être que, comme le costaud de l'école qui se sert de sa génétique pour se faire justice dans la cour de récré parce que l'amour manque à la maison, les créateurs de ces plateformes, eux aussi, obéissant à leur conatus, ont usé de leur QI pour dominer le monde. Dominer, ne menant pas au bien-être de son prochain, selon ma définition, n'est pas une preuve d'intelligence.

Mais ç'en est une des grandes carences. C'est la combinaison secrète des grands hommes. Un QI très élevé qui couvre un amour jonché de cratères. Après, on vient s'étonner que le monde ne change pas !

Apprendre à aimer. Voilà ce qu'on devrait désormais apprendre à l'école. Pour le reste, l'intelligence artificielle saura faire.

Je me demande ce qu'en pense Papa.

– Papa, je repensais à ça hier… Les derniers samedis de l'année scolaire, quand j'étais au primaire, tu te rappelles ? L'hymne national, le podium…

– Oui ! Bien sûr ! Tu as pris la médaille d'or six années d'affilée…

– T'as pas l'air impressionné. Déjà à l'époque ça n'avait pas l'air de vous faire grand-chose, à Maman et toi…

– Tu as raison… Et on s'en excuse… On pensait qu'en donnant trop d'importance à tes résultats scolaires, comme ça semblait facile pour toi, tu ne prennes tout ça pour acquis. Que tu ne saches jamais comment mettre de l'effort. Ou, pire, que tu prennes le melon.

– Et maintenant ?

– Ben, je te l'ai dit, tu sais ce qu'on pense de l'effort ici, au paradis... Tu l'as compris toi-même. C'est absurde de pousser les gens à forcer autant, aussi jeune, quand pour la plupart, à l'âge adulte, le retour sur investissement n'en vaudra même pas la peine...

– Ben si quand même... Tu imagines un monde sans ingénieurs, sans médecins, sans chimistes ? Car ce serait ça, un monde où personne ne fait d'efforts à l'école...

– Il y a d'autres méthodes que des podiums et des moyennes de classes pour donner envie aux gens d'inventer, quand même. Et puis regarde : toi, ça t'a servi à quoi tes 99 % en maths au primaire ? T'es quand même obligé aujourd'hui de payer des comptables pour savoir ce que tu dois au fisc...

– Trop facile, Papa. Les maths, le français, la géographie, tout ça, faut pas voir ça juste d'un point de vue utilitaire. Plus on remplit le disque dur, plus on élastifie les neurones. Tu m'as quand même fait apprendre le latin et ton argument c'était : « Ça ne te servira jamais de parler latin mais l'apprendre va te faire penser plus vite... Et ça, ça va te servir, de penser vite ! » Je me considère pas comme une ceinture noire niveau penser vite, mais je pense que tu avais raison...

— Oh, ne sois pas si dur avec toi… Tu as l'impression de ne pas penser vite parce que tu n'es jamais certain de rien, tu donnes constamment du crédit à la pensée qui te contredit, ce qui est une excellente chose. Et puis est-ce que tu penses que tu aurais pris latin à la place de sciences économiques si je ne t'en avais pas donné une bonne raison ?

— Probablement pas…

— Bon. Et c'est ça qui manque dans vos écoles. Faut expliquer à ces pauvres enfants pourquoi ils font des choses qui ne les intéressent pas. Il faut au moins faire ça ! Et, surtout, je ne peux pas croire que vous continuiez à noter les enfants.

— Ben moi ça m'a servi ces chiffres, à me situer par rapport à la moyenne… Il arrive que je ne me sente pas à la hauteur intellectuellement, et à ce moment-là, le souvenir d'avoir toujours été régulièrement sur ce podium me rassure. Ça me rappelle que j'ai déjà été plus intelligent que d'autres et qu'il y a des chances que je le sois encore un peu aujourd'hui.

— Eh ben dis donc… Ils font comment, alors, tes camarades qui n'ont jamais mis les pieds sur ce podium ? Ils sont condamnés à être bêtes à vie ? C'est vraiment le cimetière des confiances vos écoles, là !

— Je sais, Papa, mais c'est tout ce qu'on a… Et puis c'est aussi une éducation sociale. J'ai appris à vivre avec les autres, à l'école.

— Vivre avec les autres, copains à la récré, pendant une heure, mais rivaux en classe pour le reste de la journée ? Rivaux à l'âge adulte pour le restant de vos vies ? Et puis vous êtes schizo, hein ? Vous vous plaignez d'un système capitaliste qui est en train de vous broyer l'amour dans une compétitivité prédatrice et vous gardez vos enfants dans un système d'éducation qui fabrique des maîtres consommateurs. Vous êtes fous… !

— O.K., Papa, c'est pas parfait notre truc, mais tu proposes quoi ?

— Inversez vos priorités ! Moins de temps pour apprendre comment faire et plus de temps à apprendre comment être. Voilà ! Une heure par semaine en lecture d'émotion. Trois heures par semaine en empathie, deux heures par semaine en gestion de conflits humains, quatre heures de philo… Vous n'êtes pas encore prêts mais ne désespère pas : j'ai une super nouvelle ! Ça va arriver… L'école pour vos petits-enfants, ça va être complètement différent. Les enfants de Merik et Mila vont passer plus de temps à étudier l'âme humaine et ce qui lui est bénéfique. C'est le futur de l'éducation. Vous n'aurez bientôt plus besoin de savoir faire, juste savoir ce qu'il faut faire, et c'est à ça que tes petits-enfants dédieront le plus grand de leur temps : apprendre les chemins vers ce qui est mieux pour l'âme humaine.

— C'est limite ton truc, mais je dois t'avouer que ça me rassure un peu… Notre monde avance si vite et je le comprends de moins en moins, alors je prends l'espoir où je peux… Merci Papa.

— Ça va aller je te dis. Il va juste falloir vous ouvrir un peu plus l'esprit… Par exemple, respectez un peu vos « complotistes », ne les jetez pas tous dans le même sac. Il y a des allumés, mais il y a aussi des gens qui disent des choses très intéressantes que vous jetez à l'asile social juste parce qu'ils pensent autrement… Il faut arrêter… En même temps, ça ne m'étonne pas, vu l'éducation que vous avez reçue. L'école vous apprend des vérités immuables à tel point que vous sortez de l'école en pensant que vous êtes vos pensées sans que ça vous alarme. Vous les aimez tant, vos pensées, hein ! Si bien que penser contre votre pensée veut dire, pour vous, penser contre vous. Qu'est-ce que ça peut te foutre que Jean-Guy pense que la Terre est plate ?

— Attends, Papa, si tout le monde commence à penser que la Terre est plate, on ne saura plus ce qui est vrai ou pas…

— Qui t'a dit que vous étiez assez malins pour savoir le vrai, pour accepter la vérité ? Vous ne savez rien et vous ne pourrez jamais rien savoir… Vous n'avez la capacité que de poser des questions et je vous recommande fortement d'accepter que toutes les questions sont bonnes. Les affirmations, faut renoncer à ça ! La vérité aussi !

– Renoncer à la vérité ? À l'affirmation ? Mais qui suis-je si je ne peux plus rien affirmer ? Je ne suis qu'un doute dans un monde qui n'existe peut-être même pas ? Et tu ne fais que ça depuis tout à l'heure, affirmer.

– Oui, mais moi, c'est différent. J'ai de l'info privilégiée… Regarde, en ce moment vous avez ce truc-là, la liberté d'expression. Mais en fait, ce que vous vous voulez dire, c'est liberté d'affirmation. Tout le monde veut s'exprimer… Le problème, c'est que pour s'exprimer, ben, il faut se savoir, savoir tout de soi, et de fond en comble, pour être certain que ce n'est pas un imposteur qui s'exprime à votre place. Et, inconsciemment, vous savez que vous n'êtes pas assez malins pour vous connaître, alors vous prenez ce raccourci qu'est l'affirmation. Vous l'appelez « expression », et vous en revendiquez la liberté absolue. Mais vous êtes des malades ! Vous n'êtes capables d'aucune liberté, vous ne percevez aucune vérité et n'avez le luxe d'aucun absolu. Quand je vous entends dire : « Oh, on n'a plus le droit de rien dire… », en fait, vous voulez dire : « On n'a plus le droit d'affirmer. » Mais bien sûr… Tu n'as pas le niveau pour affirmer des choses ! Donc sois gentil, tais-toi et apprivoise le doute. C'est pour ça que le politiquement correct existe, hein... Ça n'a pas été inventé pour n'importe quoi ce truc... C'est la manière d'être en société la plus adéquate pour l'humain. Dans le doute, que faites-vous ?

— Ben, idéalement, on se tait...

— Ben voilà !! Bon ! Alors comme vous êtes dans le doute tout le temps, n'ouvrez vos bouches que pour poser des questions ou alors dire du bien des autres. Des questions ou du bien des autres. C'est simple non ? Ça aussi tes petits-enfants l'apprendront à l'école. « Comment poser les bonnes questions », cinq heures par semaine. Je sais que tu te fais du souci des fois, mais je te le promets, le monde qui arrive n'est pas pire que celui qui vient de finir. Il sera fait pour ses contemporains, comme le tien est fait pour toi.

— Attends... le monde qui vient de finir... ?

— Ah... Je ne te l'ai pas dit. Le monde tel que tu l'as toujours connu, c'est presque fini, ça... Mais t'inquiète, ça va bien aller. Bon, je dois y aller, fils, ta mère m'appelle pour le souper.

— Vous mangez au paradis ?

— Ah ben oui ! On n'est pas bêtes, ici, on a gardé les deux meilleures choses de ton monde. La beauté et la bonne bouffe. Attends, avant que je parte... Vous parlez beaucoup de TDA et TDAH...

— Troubles de...

— Faut quand même faire attention au nom que vous donnez aux choses. « Troubles », vous y allez fort.

— Il faut bien nommer les choses, Papa…

— Écoute, fils… Tu as compris ce que je t'ai dit par rapport à l'intelligence, à l'école ?

— Oui…

— Bon. Tu te rappelles quand une prof de Merik vous a convoqués, Sofia et toi, et qu'elle vous discrètement insinué que Merik aurait peut-être un TDAH ?

— Oui…

— Que lui as-tu dit ?

— Que ça n'avait pas de sens parce qu'il faisait des tournois d'échecs, qu'il était capable de rester concentré deux ou trois heures d'affilée pendant une compétition.

— Exact.

— Oui, mais il est incapable de marcher dans la maison sans son téléphone. Il a perdu l'usage d'une main, d'ailleurs… L'autre jour, il se faisait une tartine de Nutella avec une main, l'autre tenait son téléphone ! C'est un mutant…

— Mais évidemment qu'il est un mutant ! Tu crois que tu n'en es pas un, toi ? C'est quand la dernière fois que tu as pris une carte pour trouver ton chemin ?

— O.K., O.K… Je sais où tu veux en venir…

— Écoute, fiston : jusqu'à Gutenberg, les sages du monde étaient obligés de tout retenir par cœur et aujourd'hui vous avez externalisé vos méninges dans le *Cloud*... C'est un chemin irréversible ! L'évolution a toujours cherché à vider vos cerveaux pour le mettre en dehors de vous, ce n'est pas nouveau.

– O.K... Mais le rapport avec le TDAH ?

– Les TDAH ne sont pas tous troublés comme l'acronyme le dit... Ils sont dans les nuages... Ils ont une vue d'en haut. Un enfant distrait n'a pas toujours le cerveau éteint. D'ailleurs, vous dites de lui qu'il est « ailleurs ». Eh bien il faudrait peut-être lui demander où il est et ce qui l'y intéresse tant, non ? Avant de lui prescrire une petite pilule... Certains de ces enfants sont juste déjà dans le futur, un futur où le « faire » sera fait par des machines et où l'unique devoir de l'humain sera d'imaginer. D'être « ailleurs » justement. Cet enfant a tout simplement de l'avance. On en a un ici, il nous racontait ça il n'y a pas longtemps. Un petit garçon allemand qui s'appelle Klaus. Il vivait au XVe siècle à Mayence, la ville de Gutenberg, et il avait entendu parler d'une invention qui allait changer le cours de l'histoire : l'imprimerie. À partir de ce jour, il a refusé d'aller à l'école. Ses parents lui ont demandé pourquoi et il avait simplement répondu que ça ne l'intéressait plus. Sa famille faisait partie de la petite bourgeoisie allemande des années 1400 et ne pouvait accepter un tel affront. Son père l'a alors enfermé dans sa chambre pendant des semaines, histoire de lui montrer qu'il y avait des conséquences à foutre la honte à sa famille.

Un soir, il est sorti de sa chambre par la fenêtre et a disparu dans la nuit. On a retrouvé son corps dans le Rhin quelques jours plus tard.

Mais à nous il a dit ce qu'il n'a osé dire à ses parents.

Il nous a dit qu'en fait il avait compris qu'apprendre à calculer et à retenir de l'information n'allait plus servir à rien puisque désormais on avait enclenché une chaîne irréversible d'innovations technologiques qui allait inévitablement mener à un monde où tout ce qu'on a appris à faire à l'école serait réalisé par une intelligence artificielle qui allait faire tout ça beaucoup mieux que les humains. Mais il s'est gardé de le dire à ses parents parce qu'il aurait été envoyé dans un asile ou un monastère pour subir quelques séances d'exorcisme.

Alors il a choisi la fugue, mais à dix ans, on n'a pas ce qu'il faut pour réussir ce genre de projet. Donc…

— Papa, admettons que tu ne viens pas d'inventer cette histoire… Tu parles quand même du XVe siècle. Aujourd'hui on ne renie pas un enfant parce qu'il n'est pas à la hauteur au primaire.

— Tu as raison, mais sais-tu pourquoi ? Parce que, depuis, l'intelligence créatrice a décidé que ce genre d'enfants n'allait plus savoir pourquoi l'école ne les intéresse pas… C'était trop de perspicacité pour un humain de dix ans. Plusieurs générations allaient alors devoir jouer le jeu, sans savoir qu'ils jouaient un jeu, jusqu'au jour où le futur dont je te parle sera enfin réalité.

– Papa, il y a des enfants qui ont de vraies difficultés, comment peux-tu banaliser ça ?

– C'est vrai. Un enfant qui pendant un an a rêvé d'avoir un manga et qui, le jour où il le reçoit, le lit deux minutes et le dépose parce qu'une mouche à fruit est passée et ne revient plus jamais à sa lecture, eh bien, peut-être qu'il faut regarder ça de plus près… Mais un enfant qui n'écoute pas sa prof de maths en classe parce qu'il pense à l'abeille qu'il a observée le matin et parce qu'il est fasciné, parce qu'il se demande de quoi l'abeille se nourrit… Ça, c'est un enfant avec une attention sélective et le monde entier devrait s'arrêter de tourner pour se demander ce que cet enfant a le potentiel de découvrir un jour sur la nature.

– O.K., mais tous les enfants n'ont pas des intérêts aussi facilement identifiables… Il y a des enfants qui ne savent pas ce qui les intéresse…

– Erreur… On l'apprend quand on arrive ici, chaque enfant au monde a quelque chose qui l'intéresse. C'est juste que vous ne les observez pas assez.

– On n'a pas le temps, Papa…

— Bah oui, tu m'étonnes… puisque vous êtes trop occupés à faire ! C'est absurde comme vous vivez !

Maman lui dit quelque chose que je n'arrive pas à bien entendre mais elle a l'air de le ramener à l'ordre et son ton s'adoucit instantanément.

— Maman a raison… Je m'excuse, il n'y a jamais rien d'absurde. Il n'y a que la nature plurielle et temporellement diverse des choses et c'est injuste de juger ces choses en comparant leurs différents états possibles. Ce qui est aujourd'hui ne peut être autrement et par conséquent tout est toujours à la bonne place. Les écoles que vous avez aujourd'hui sont les bonnes puisque vous n'en avez pas d'autres… Et puis ne t'embête pas trop avec ces histoires d'intelligence, parce que tu peux toujours emprunter celle des autres, à condition que tu acceptes de prêter la tienne.

— Je ne comprends pas…

— C'est comme tout dans la vie… Vous êtes tous UN. Tu n'existes que parce qu'il y a l'Autre pour t'observer. C'est pareil pour l'intelligence. Tu n'es conscient de ton intelligence que parce qu'il y en a un autre que tu estimes plus ou moins intelligent. Tout le monde est le crétin de quelqu'un et tout le monde est le génie d'un autre. Il n'y a pas de valeur sans faire valoir. Donc, au final, il n'existe qu'UNE intelligence que vous êtes tous en droit de partager. La prochaine fois que tu t'apprêtes à traiter quelqu'un d'abruti, vas-y doucement, hein… C'est lui qui te fait le cadeau de ce que tu tiens pour « TON » intelligence. Et l'inverse est vrai aussi. La prochaine fois que tu te trouves imbécile en écoutant un podcast d'Éric Weinstein, au lieu de te rappeler tes exploits de l'école primaire et de prendre en pitié ceux qui traînaient la patte scolaire et que tu appelais « cancres », fais plutôt la chose suivante. Adresse-toi à Éric Weinstein, et dis-lui que tu es reconnaissant de partager ce grand puits d'intelligence du TOUT avec quelqu'un d'aussi brillant que lui. Et ne t'inquiète pas pour tes enfants et leurs écrans. Cette mutation des cerveaux, c'est juste la technologie que le petit Klaus avait vu venir au XVe siècle qui s'annonce… Comme Gutenberg a confié la connaissance aux lettres, vous la confierez à la machine jusqu'à ne devenir que matière. Comme au tout début. Bonne nuit fiston !

– On deviendra matière ? On deviendra des objets ? Je ne vois pas en quoi c'est une bonne nouvelle, ça…

– Mais tu crois que vous êtes quoi ? Tu crois que la chair et l'os ne sont pas faits de la même substance que le bois de ta table à manger ?

Il rit fort… Le plus fort que je l'ai entendu rire depuis nos récentes retrouvailles.

— Écoute Conny… Tu sais comment savoir si une chose est vraie ou pas ?

— Ah ! Voilà un truc qui nous serait utile, parce qu'en ce moment, ça, ici-bas, ça nous fait faire de grosses conneries, la vérité.

— Écoute bien, c'est super simple. Si, sur un sujet précis, deux parties ne sont d'accord que sur un élément de ce même sujet, eh bien cet élément dit VRAI.

— O.K… Et le rapport avec moi qui serais le congénère de mon armoire à vaisselle ?

— Regarde… Les religions, les scientifiques se déchirent depuis des millénaires mais tous sont d'accord sur une chose : une fois nous avons tous été UN. Les croyants disent que Dieu a créé l'Univers. Les non-croyants disent que non ! Il y a plus de treize milliards d'années, une chose aurait atteint un état si dense et si chaud qu'il y aurait eu expansion de la chose au point de former les particules élémentaires qui à leur tour ont donné naissance à tout ce qui existe dans l'Univers. Sur une affaire, les croyants et les non-croyants sont d'accord et sans équivoque : l'univers vient de la même chose. Ils s'arrachent les têtes depuis longtemps parce qu'ils sont en désaccord sur le qui, le quand, le comment et le pourquoi. Mais ils sont d'accord pour dire que tu es le porteur d'une mémoire ancienne et commune à l'Univers entier.

Il est donc vrai de dire que toi et ton meuble à vaisselle avez la même origine puisque, là-dessus, l'athée le plus dur et le croyant le plus borné sont d'accord. Tout ce qui existe dans l'univers partage la même origine. C'est donc une vérité.

– On revient à la même chose… Nous sommes UN.

– Eh oui fiston… C'est la seule vérité.

– Et que faire des autres vérités qui se font la guerre et nous déchirent en ce moment ?

– Il faut y renoncer. Abandonnez ça au plus vite ! C'est comme le bien, un idéal dont vous n'êtes pas capables. On s'en reparle demain si tu veux. Allez, bonne nuit !

– O.K… À demain alors. Bonne nuit !

Et si la vérité était impossible
à reconnaître dans le présent ?
Et si c'était justement ça, le futur ?
L'endroit où le réel nous attend.

Au lendemain du massacre de ma famille, avant la tristesse, le désespoir et la colère, ce que j'ai ressenti plus que tout a été le soulagement.

J'ai le courage de l'écrire aujourd'hui parce que, trente ans plus tard, je n'ai encore posé aucun geste cliniquement associé à la psychopathie.

J'ai aussi passé quelques heures sur des divans de psys.

Une en particulier, qui, appuyée par plusieurs séances EMDR[1], a pu conclure que je m'étais irréversiblement sauvé du destin des grands déséquilibrés.

Mais le soulagement ? Vraiment ? Après avoir vu sa famille entière traversée de balles d'AK-47 ?

1. Intégration neuro-émotionnelle par les mouvements oculaires.

Je fais avancer la bobine de ma petite et étrange vie jusqu'à mes trente-trois ans. L'âge où je suis devenu père pour la première fois.

Notre fils n'avait pas encore un an. Une soirée d'été, alors que nous regardions un film, j'ai eu une révélation.

Encore aujourd'hui, les soirées-cinéma familiales finissent presque toutes de la même façon. Sofia s'évanouit en premier, les enfants ensuite et je reste le seul éveillé à la fin du générique.

Ce soir-là, à la fin d'un film dont je ne me souviens plus le titre, et alors que mes chers étaient endormis, j'ai pris de la hauteur pour documenter la scène.

Comme un drone, je me suis élevé pour prendre une photo du décor. D'abord Sofia. Un être exceptionnel que la vie avait eu la prévenance de mettre sur mon chemin pour une collision spirituelle. L'amour avec un grand A. Aussi, dans le décor, notre premier enfant, notre fils, Merik.

À cette vue d'oiseau, je n'avais pas à imaginer mon bonheur. Il était là. De son propre gré, sans besoin d'être expliqué. Il existait, c'est tout.

Dans tout son unique et spécifique éclat. C'est-à-dire avec tout ce qui l'avait bâti jusque-là. Et parmi les bâtisseurs de mon bonheur comptait aussi le pire sur mon chemin.

C'était ça la révélation. Le plus tragique de mon existence avait contribué au meilleur de ma destinée.

C'était donc ça mon soulagement. Le lendemain de mon orphelinage.

Je n'étais pas apprenti psychopathe après tout !

Est-ce possible ? M'avait-il simplement été permis un coup d'œil, rapide et codé, à la tranche future et plus heureuse de mon destin ?

Si, au lendemain de mes horreurs, un comique m'avait dit : « T'inquiète, jeune homme ! C'est rien tout ça. Tu verras. Il y a mieux qui t'attend. Et un jour tout ceci fera sens et cessera de faire mal », je lui aurais probablement dit : « Je sais… mais seulement je ne sais pas comment je sais. »

Et si la vérité était impossible à reconnaître dans le présent ? Et si c'était justement ça, le futur ? L'endroit où le réel nous attend.

Et si le massacre d'une famille entière ne disait pas forcément « fin de l'histoire », mais peut-être le début d'une nouvelle ?

Peut-être que nous sommes tous gravement myopes face à la vertigineuse étendue de nos courtes existences.

Mon nouveau départ s'est manifesté en tranches. D'abord avec les Delhougne, ma famille d'accueil en Allemagne. Ensuite la bienvenue au Québec.

Les communions avec le public français. Et enfin l'amour avec Sofia et nos enfants. Et je dois tout ça à une nuit sanguinaire et un violent exil.

Finalement, je dois beaucoup à l'œuvre de ces hommes qui m'ont dévalisé, ce 15 avril 1994. Je leur dois le coup de lumière sur mon conatus.

Par leur bestialité, ils m'ont éclairé sur ce à quoi j'allais devoir survivre. Inévitablement, on doit tous survivre à quelque chose. On a tous une peine originelle. Et il est primordial de pouvoir la déterrer et de faire sa connaissance puisque c'est elle qui donne la mesure à tous nos gestes.

Pour savoir pourquoi on fait les choses, il ne faut pas chercher loin… C'est dans la souffrance fondatrice que se trouve le sens d'une vie. « Une » souffrance fondatrice. On en a tous une et c'est plutôt une bonne nouvelle. Ça facilite la quête.

Je me rends compte que, pour la plupart des gens, la peine originelle joue la mystérieuse. Se cache dans une forêt de millions d'autres douleurs ankylosées par le faux réconfort du grand nombre d'humains qui souffrent. Pour la majorité des humains, parce qu'elle est commune, la souffrance prend des allures banales, la rendant impossible à déceler.

Combien de fois m'est-il arrivé d'avoir la confidence d'un ami qui me racontait un père absent, et qui s'étouffait dans le malaise avec un « je suis désolé, je ne sais pas de quoi je me plains... Par rapport à ton histoire... » ?

Ma souffrance à moi m'a fait gagner du temps. Elle n'a pas fait de chichi...

Ma souffrance originelle n'est pas passée par quatre chemins. Par les mains de ces hommes et la puissance de leurs armes, ma peine originelle s'est présentée à moi dans toute sa véhémence. Et dans toute sa clarté. Il n'y avait pas de doute possible. C'est par la violence de ces hommes que je saurai pourquoi je fais les choses.

Grâce à ces hommes, je n'allais jamais devoir chercher à quoi je devais survivre et donc ce qui allait être le silencieux maître de mon mouvement. Merci à eux.

Ils ont été la lumière sur mon conatus.

À tous ceux qui ont la mémoire acide et claire de vos injustices : quelle chance ! Dans vos drames, vos horizons sont éclairés !

Mais tout de même ? Le soulagement ? Vraiment ? Après avoir vu ma famille entière s'éteindre dans une nappe rouge et plomb ?

J'avais beau avoir un réel sentiment d'espoir mais le soulagement n'est possible que s'il y a certitude.

D'où venait cette voix qui me promettait un lendemain d'accalmies ? Je l'ai sentie mais je ne l'ai pas entendue... Il n'y a pas eu de Morgan Freeman, le baryton en écho, pour me dire : « Marche, fils, tu verras, ça va s'arranger… »

Mais après l'enterrement des miens dans ma cour par mes voisins, j'ai quand même continué de mettre un pied devant l'autre avec l'assurance de quelqu'un qui a encore tout à gagner. Quel sentiment étrange que cet allégement… Une sobre excitation après avoir tout perdu… Est-ce comme ça qu'il parle, le cosmos ? Je venais de tout perdre et pourtant…

Je m'en souviens comme si c'était hier. Quand j'ai quitté ma maison familiale en sachant que je n'allais plus jamais y remettre les pieds… j'avais… j'ose le dire… hâte de la suite…

Ça se passait au niveau de ma poitrine. Une sorte d'expansion pulmonaire.

À croire qu'il fallait que je perde tout, pour faire de la place tant le recommencement était gigantesque. Ce n'est pas rien que de dire que l'on s'est senti soulagé après avoir tout perdu…

Demandons à mon Papa qui est aux cieux.

— Papa, après que les méchants m'ont tout pris…

— Arrête avec tes « méchants ». Je te l'ai déjà dit, il n'y a pas de méchants. Invention de l'esprit limité de l'Homme.

— O.K., O.K… Les personnages qui incarnent le vice absolu dans mon récit, tiens… T'es content ?

— C'est mieux...

— ... Après qu'ils ont tiré sur tout le monde, me laissant orphelin, à dix-sept ans quand même, je te le rappelle, j'avais de quoi haïr la Terre entière non ? Pourquoi je me suis senti soulagé ?

— C'est ton futur toi qui t'a parlé.

Mon futur moi... Concept intriguant... Est-ce comme ça qu'il parle, le courage ? Est-ce ça chaque fois que j'ai fait un saut à l'aveugle ? Une voix provenant d'un lointain futur qui m'assurait que tout irait bien ? Quand inconsciemment je me suis jeté la tête la première en musique, là où plusieurs étaient tombés ? Où encore quand naïvement j'ai accepté la chute en amour pour Sofia ?

Était-ce l'écho de mon futur quand, il y a quelques années, j'ai décidé de ne plus faire de tournées ? Courage ou folie ? La ligne est fine...

J'ai encore réalisé la part folle de ma décision quand, pas plus tard qu'hier, un homme qui dînait à côté de moi au restaurant m'a interpellé, smartphone en main, et m'a dit : « Je vous ai reconnu ! Je suis abonné à la salle de concert pas loin d'ici, et je regarde le programme là... mais je ne vous y vois pas... »

Je lui ai répondu que je ne faisais plus trop de concerts et son expression est subitement passée de l'enthousiasme à l'incompréhension. « Un chanteur, ça chante normalement, non ? » a-t-il dû se dire. Je m'apprêtais à ajouter que je gardais de la place dans mon agenda pour des occupations dont j'ignorais encore la nature mais, voyant le niveau de sa confusion, je me suis abstenu et lui ai répondu un timide : « Vous inquiétez pas… Je vais reprendre du service bientôt… » Et ça m'a rappelé que chaque fois que j'ai dit à quelqu'un que je voulais écrire des livres ou faire des conférences, la personne m'a dit : « Oui, mais n'oublie pas de chanter quand même ! » Traduction : « Chanteur, tu es arrivé dans nos vies comme chanteur, alors chanteur tu resteras. » Est-ce que ma folle décision de graduellement abandonner les salles de concert en est une qui serait informée par mon futur moi ou suis-je, comme beaucoup d'artistes dit-on, simplement déconnecté du monde réel ?

Papa a peut-être une réponse.

— « Mon futur moi » ?

— Oui… On apprend ça quand on arrive ici… Tu ne le sais pas mais ton futur a déjà eu lieu. Et quand tu es sorti de la maison ce 15 avril 1994, la version de toi, mariée à Sofia, père de deux enfants, existait déjà et t'attendait. Le toi du futur te chuchotait depuis l'avenir pour taire l'illusion de la perte. C'est ça que tu as entendu.

— Ça n'a aucun sens, Papa. Il ne peut y avoir deux versions de moi en même temps… Je savais mon passé dont vous faisiez partie et que vous avez quitté. Le 16 avril, vous n'étiez plus là. Plus de *Grande Vadrouille* avec Christian. Plus de *Symphonie pastorale* de Beethoven avec toi les dimanches après-midi, plus de virée avec Maman à la grande expo de la rentrée scolaire, à Nyamirambo, pour acheter les fournitures au mois d'août. Plus rien !!! Plus rien !!!

— Je suis désolé fiston… Je suis désolé.

— Moi aussi… C'est juste dur de t'entendre relativiser le temps. C'est un luxe que je n'ai pas. Pour moi le temps a deux parties. Il y a avant vous et après vous. Le passé est une réelle chose puisqu'il est connu. Alors que le futur est inconnu, donc il ne peut exister.

— Donc pour toi, il n'existe que ce qui est connu ? La vérité n'existe que dans le connu ?

— Bah oui… En tout cas ici c'est comme ça que ça marche. Je sais le passé, vous avez été tués, m'avez laissé seul survivant du massacre et ça ne s'est pas déroulé autrement. Je sais aussi le présent, je me suis débrouillé tout seul, j'ai Sofia et les enfants, ça aussi ça ne peut être autrement et si ça devait cesser ça aura quand même existé, je l'aurais su. Alors que le futur, quand j'y pense, il me propose plein de possibilités… Le futur, lui, peut se passer de cent manières différentes. Je fais comment pour savoir lequel des scénarios est le bon ? C'est pas possible.

Même les médiums à qui j'ai parlé, elles étaient plutôt vagues dans leurs pronostics.

— Alors comment expliques-tu ton soulagement le lendemain de notre disparition ? La certitude que ça allait s'arranger ?

— Je ne sais pas… Peut-être que c'est parce qu'il fallait bien que je m'invente un état. Pour dépasser le choc. Autrement je figeais, je n'avançais plus…

— Oui mais pourquoi avançais-tu ? Pourquoi tu n'as pas fait comme d'autres qui ont pris le chemin de la vengeance ? Pourquoi n'as-tu pas pris les armes ? Ça aussi c'est une façon d'avancer…

— Parce que je devais savoir que cela n'aurait pas mené à la vie, et je voulais vivre, moi.

— Aha !! Aha !!

Papa prend la voix du personnage d'Eddy Murphy dans *Un prince à New York*. Tu sais, celui du vieux Juif dans le *barber shop*, à la fin du film, quand il donne la chute à une blague et que personne ne rit.

Il sait très bien ce qu'il fait. Il le dit en mode « je t'ai eu ! », mais il veut surtout alléger la conversation avec mon souvenir de jeunesse préféré.

Avec *La Grande Vadrouille* de De Funès et *L'As des as* de Belmondo, *Un prince à New York* est le film que j'ai le plus regardé avec mon petit frère, Christian. On connaissait toutes les répliques, toutes les musiques, par cœur. C'était notre sport préféré à nous deux.

Répéter en unisson et en même temps que les acteurs leurs répliques. « *If I go to ze Turkish bath… I risk… I risk* énormément ! »

On avait congé d'école les mercredis après-midi et Christian et moi passions des heures à regarder De Funès, Galabru, Eddy Murphy, Will Smith, *L'Agence tous risques…* C'était notre rituel.

Le cinéma, les séries me font encore ça aujourd'hui, ils me replongent dans l'agréable émotion de ces après-midi. Ce sont pour moi les arts les plus importants… la musique, le cinéma, les séries…

Ce sont les photographies précises de nos plus belles émotions. Nos plus tristes aussi.

Il y a les livres, bien sûr.

Sauf que là où la littérature nous rappelle qu'on a été bien seuls, la musique et le cinéma nous rappellent que nous avons été bien ensemble.

— Christian te salue… Tu lui manques.

Papa m'a évidemment entendu penser. C'est toujours un trop-plein d'émotions quand je repense à mon petit frère. J'ai toujours ce « dis-lui qu'il me manque aussi » logé dans la gorge.

Parce que c'est trop. Je lui dirai une autre fois. Papa le sait et laisse aller. J'en profite et enchaîne vite.

— Qu'est-ce que j'ai dit ?

— Tu as dit : « Je voulais vivre. » Mais il y a toujours une cause à toute volonté. Ce n'est pas banal. Pourquoi toi qui venais de voir ta famille mourir voulais continuer de vivre. Tu sais bien qu'il y a des gens qui, face à un excès de galères, se laissent mourir. Pourquoi y en a-t-il qui, comme toi, s'accrochent à la vie comme une moule à son rocher ?

— Euh… je sais pas, moi, Papa. Tu es au paradis, tu dois le savoir…

— En effet, je le sais. Tu as quitté la maison ce matin-là, tu as traversé la capitale, traversé le pays, marché trois jours jusqu'à Gisenyi, le corps brûlant de malaria, parce que tu avais la certitude d'une nouvelle vie qui t'attendait. Tu avais la certitude d'un bonheur précis qui t'attendait. Ce sont tous les instants où aujourd'hui tu es en profonde reconnaissance qui te parlaient depuis ton futur.

— Tu veux dire que ma version du futur me parlait… ?

— Non, écoute bien. Je n'ai pas dit que toi tu te parlais du futur, j'ai dit que des instants te parlaient…

— Des instants… me parlaient ?

— Oui, ce qui va se passer pour toi dans dix ans existe déjà. La vérité est que tout est UN mais pas que dans l'espace, mais aussi dans le temps. Mais vous, là, en bas, vous êtes limités dans vos perceptions. Et si vous ne pouvez percevoir que les impressions des choses, vous ne pouvez rien savoir. Arrêtez donc de parler de vérité. C'est pas fait pour vous, ça, la vérité. Bon, si ça t'amuse, je vais quand même te rappeler un truc pour trouver la vérité.

— J'écoute…

— Si sur un sujet donné deux personnes ne sont d'accord sur rien sauf sur une et une seule chose, alors cette chose, dans ton monde, est une vérité. Tu peux jouer à ça avec des potes, c'est marrant.

— Pardon, Papa, mais ce n'est pas un jeu, pour nous, la vérité. Ce n'est pas accessoire, ici la vérité est essentielle. Si je n'ai pas accès à la vérité, je m'accroche à quoi pour orienter mes choix ? Il faut bien que des vérités existent pour nous servir de repères.

— Tu n'as jamais eu besoin de carte pour faire tes choix ! Tes choix se font toujours tout seuls…

— Mais… ça… ça veut dire que je n'ai jamais rien choisi librement dans ma vie…

— Exact.

— Et le libre arbitre alors ?

— Ah, bah ça…

J'entends ses larmes de rire. Il arrive à peine à respirer entre les syllabes tellement il se fout de moi.

— Le libre arbitre ! Ah ça alors ! C'est la plus grosse escroquerie chez vous en bas ! Vous n'êtes libres de rien, les amis, je ne sais pas pourquoi vous vous acharnez ! Évidemment qu'il y a des futés qui vous mènent par le bout du nez en vous vendant la liberté comme le plus noble des horizons et vous refourguent ensuite des instructions pour être libres ! Mais aucun être humain n'en est capable ! Vos destinées sont déjà accomplies. De quoi pouvez-vous être libres ?

Je me suis trouvé une autre addiction : la liberté de n'en faire à ma tête.

Je me pardonne aussi de ne pas être aussi libre que je souhaiterais l'être. Quand j'ai commencé dans la musique, j'y suis rentré avec des œillères, concentration maximale sur ce dont mon âme devait se libérer, sans égard pour l'accueil que les autres pouvaient y réserver. Jusqu'au jour où j'ai goûté aux applaudissements de milliers d'étrangers qui semblaient me dire que la vie que j'avais chantée et que je pensais jusque-là exclusivement mienne était aussi la leur. Je n'étais plus seul dans mes traumas. Ce beau monde et moi étions désormais seuls ensemble et ça, c'est addictif. L'amour du public. Une fois qu'on a touché à cette drogue, il est très difficile de s'en libérer. Pour mon deuxième album, j'ai résisté à l'envie de plaire, à l'envie de me répéter. Tout le monde s'attendait à un *Parce qu'on vient de loin bis* mais pour mon deuxième album je suis allé ailleurs. J'ai pris énormément de plaisir à le faire cet album, mais il a moins bien marché que le premier. J'ai continué mon acte de résistance pour mon troisième album et celui-ci a carrément été un flop commercial. Mais qu'est-ce que j'ai eu du plaisir à le faire celui-là ! Pour lutter contre une addiction potentielle à l'amour du public et aux considérations d'une industrie qui voue un culte absolu aux chiffres, je me suis trouvé une autre addiction : la liberté de n'en faire qu'à ma tête. Je me suis d'ailleurs souvent vanté d'avoir payé le prix de la liberté. Je disais, en interview : « Quand on fait de l'art pour soi, on prend le risque de sacrifier le succès mais l'art et l'âme s'en portent toujours mieux. »

Seulement voilà, il y avait une bonne part d'ego dans ma petite résistance. Puisque chaque fois que je me trouvais seul dans ma tête et que, spontanément, une suite d'accords m'arrivait de je ne sais où et que je trouvais qu'elle ressemblait trop à une harmonie d'*Avec classe* ou *Parce qu'on vient de loin*, le soldat de ma liberté en moi me disait : « Tout sauf ça ! On s'est juré qu'on ne se répéterait pas ! On fait de l'art ici, on laisse le commerce aux autres ! » Pour résister à quelque chose, il faut en être conscient en tout temps pour ne pas se faire surprendre. Donc le public, les médias, l'industrie, étaient bien présents dans ma tête que je pensais solitaire, me gardant ainsi sur la défensive et m'interdisant donc la liberté de réellement n'en faire qu'à ma tête.

J'ai appris avec le temps que la liberté pour un artiste n'existe pas. Puisqu'une œuvre d'art ne s'imagine jamais vraiment à huis clos. L'autre, qui est toujours nous, qu'il nous aime ou pas, est toujours notre muse et l'on ne peut jamais en être libre.

Alors aujourd'hui, je me pardonne d'inviter des étrangers dans mon espace créatif. Puisqu'il ne peut en être autrement. Et c'est en me le pardonnant que je trouve l'accès à une force créatrice libre.

Par exemple, en écrivant ce livre, je m'imagine toi qui me lis. Je m'imagine ta critique. J'en accepte la valeur et je continue. J'entends les critiques les plus virulentes. J'entends un chroniqueur célèbre à la télé dire : « Quelle malheureuse tentative ce livre... C'est un mec qui n'a pas beaucoup lu qui a voulu écrire un livre pour des gens qui ont beaucoup lu ! » J'accepte la valeur de ce qu'il dit et je continue. Parce que je sais que, pour une raison que je n'arrive pas à saisir, je ne peux m'empêcher d'écrire ce livre. Je ne suis même pas libre de me décourager d'écrire alors même que j'entends clairement toutes ces voix les plus diminuantes.

C'est ça, le conatus. C'est cette puissance qui t'accule à un choix alors que tu comprends bien que tu pourrais faire autrement. Et si ne pas résister à notre conatus, c'était ça, la seule liberté possible pour les humains ?

De quoi pouvons-nous réellement être libres ? Du regard de l'Autre, peut-être ? Je ne pense pas. Imagine-toi être né sur une île déserte où la nature se charge de t'élever et s'occupe entièrement de ta croissance. Les plantes se déplacent à toi pour te nourrir et te guérir, l'eau de source vient à toi pour t'hydrater et te nettoyer, la température est toujours parfaitement clémente, de grandes feuilles se détachent de leurs arbres pour te couvrir la nuit… Bref, tu n'as pas besoin d'humain pour rester en vie, l'île est ta mère. Et tu n'as pas besoin de père puisque, comme je te l'ai dit, l'île s'occupe de tout, tu n'auras jamais à faire.

Car ils servent à ça, les pères… apprendre comment faire.

Dans cette histoire, l'île est parfaite pour une raison simple. Un bébé humain est tellement fragile et si peu autonome que si l'environnement n'est pas complètement à son service, le bébé humain meurt et l'histoire s'arrête là.

Donc cette île est ta mère et elle a tout ce qu'il te faut. Mais il n'y existe aucun humain. Ni aucun animal. Il n'y a que toi et l'île. Tu l'as, l'image ? Tu ne parleras pas. Tu ne penseras pas. Bien sûr que non… À quoi veux-tu penser… ? Te demander si Maman va t'entendre si tu pleures ? Non, puisque l'île parle couramment « bébé », anticipe tes besoins et sait parfaitement les satisfaire.

Penser est une affaire qui se met en marche parce qu'on sent que le danger nous guette.

Si tu nais et grandis dans un monde où le danger et le manque n'existent pas, tu ne réfléchis pas. Et qu'est-ce que la beauté si tu ne penses pas ? Qu'est-ce que le temps ? Eh bien rien de tout ça n'existe ! On trouve les choses et les gens beaux parce qu'on les a comparés à d'autres qu'on estime ne pas l'être. Le beau et le laid ne peuvent nous être appris que par le regard conditionné d'autres humains, la plupart du temps ceux qui nous mettent au monde, d'ailleurs.

Eh oui, chers parents, attention ! Chaque fois que vous traitez quelqu'un de laid, vous dictez à vos petits ce qu'il est préférable d'aimer ou pas. C'est toujours à la maison que se font les premières classes en xénophobie.

On sait qu'on est vieux parce qu'on voit des plus jeunes. « Tu vieillis bien » est la version courte de « Tu vieillis bien par rapport à d'autres de ton âge qui ont l'air bien plus fripés par l'existence… »

Et savoir ce qu'est la beauté, savoir que le temps la menace, n'est-ce pas ça la conscience dont nous tous, humains, nous vantons tant ?

La conscience, qui est censée faire de l'humain l'exception dans l'univers, est impossible sans la présence de l'Autre pour en témoigner et donc on est de la race humaine grâce au regard de l'Autre.

Je n'ai la conscience d'être et de penser que parce que je suis vu et pensé par l'Autre.

Je ne peux donc pas me libérer de ton regard tout en gardant ma conscience. C'est l'un ou l'autre. Faut choisir. Soit je me passe de ton regard mais je suis inconscient et donc d'une autre planète. Soit je conserve ma conscience et avec elle mon humanité, et ton regard est la seule chose qui puisse m'importer.

Donc, quelque part, quand on dit : « Arrêtez de vous préoccuper de ce que les autres pensent de vous », une réponse humaine rationnelle serait : « C'est impossible. Pour ça, il faudrait que je renonce à mon humanité et il m'est impossible d'être autre chose qu'un humain. Toi, arrête de te préoccuper de ce qui me préoccupe déjà et après on en reparle… »

Bon… seul bémol dans tout ça, c'est que j'aimerais quand même avoir quelques parcelles dans ma vie où je ne dois pas passer par un conseil d'administration avant de prendre chaque décision, surtout quand celle-ci n'affecte que moi…

D'habitude Papa attend que je le sollicite avant de se mêler de mes affaires… Mais le sujet semble le titiller plus que les autres.

— Attends, attends… Tu fais fausse route, fils. Il n'y a absolument aucune décision que tu puisses prendre qui n'affecte que toi ! Tout ce que tu décides affecte forcément l'Autre.

– Bonsoir, Papa. Te gêne surtout pas…

– Quand je te sens si loin du compte je me dois d'intervenir. Donne-moi un exemple d'une décision que tu prendrais qui n'affecterait que toi.

– Ma musique…

– Ta musique affecte ta famille, non ?

– Arrête, Papa, tu sais bien ce que je veux dire… Ma famille, c'est moi. Je te parle du monde en dehors de ma bulle. Ma musique affecte bien sûr superficiellement les autres puisqu'ils l'écoutent et qu'elle peut éventuellement leur procurer quelques frissons. Mais elle ne change pas le cours de leur existence. Elle ne fait pas manger leurs enfants ni n'arrête des guerres… Et si je fais une chanson tristement médiocre, le monde tournera exactement dans le même sens. Sauf pour moi. C'est ça que je veux dire. Sachant cela, dans ma musique, je peux me donner le droit de n'en faire qu'à ma tête puisque je suis le seul à en subir les conséquences.

– O.K… Je te suis… Mais tu en as quand même un, un conseil d'administration ?

– Non…

– Eh bien si. Ton mariage. C'est un conseil à deux. Sofia et toi. Tu consultes le conseil pour prendre des décisions dans ta musique, non ?

— Seulement quand je suis dans le doute ou quand on écrit pour les autres. Il y a longtemps que j'ai compris que pour que l'entreprise conjugale survive, quand on écrit à quatre mains pour ma voix, puisque c'est moi qui dois porter ces chansons devant le monde, le dernier mot doit être le mien. Comme ça, quand ça marche, c'est une victoire à deux et quand ça foire, c'est mon échec.

— D'accord… Pas mal, pas mal… Et l'échec, tu le portes bien ?

— Oui, quand même… De toute façon je n'échoue jamais. On en reparlera un autre jour.

— O.K. Donc tu es totalement libre dans ta démarche artistique…

— Oui ! C'est pas ça le job pour un vrai artiste, justement ? Exiger de soi une inspiration totalement libre ?

— Une inspiration libre ?

— Bah oui…

— Et elle te viendrait d'où cette inspiration ? De ton unique imagination ? *Ex nihilo*, sans influence ?

— Pas tout à fait, bien sûr, j'ai mes influences… Rien ne se crée à partir de rien. Mais le choix de mes influences m'appartient quand même ! Et pour servir honnêtement mon art, je dois choisir mes ingrédients sans penser à ceux qui goûteront à la recette, sans quoi je serais dans le mensonge… pas un vrai artiste…

— Faux !

Non mais, ils se prennent pour qui les morts ? Juste « faux ». En mode, ils ont la science, eux, là-haut !

— Papa !!! Qu'est-ce que t'en sais ??? T'es pas là ! T'as pas été là depuis mes dix-sept ans, alors à ta place je trouverais un peu d'humilité…

— Primo j'ai toujours été là, c'est juste qu'au paradis on nous apprend la discrétion. Et secundo…

— Secundo. Tout court. Pas de « et ». Pléonasme d'arriviste littéraire. C'est toi qui me l'as appris.

— Excusez-moi, monsieur. Monsieur se souvient. Bravo !

— Secundo, disais-je donc, tu mens quand tu dis que tu ne penses pas à ceux qui écouteront ta musique quand tu la composes.

— Mais si !!! La preuve, il m'arrive de m'imaginer, pendant que je compose une chanson, que je suis sur scène, histoire de visualiser la réaction du public, mais je me ramène à moi aussitôt. Je suis conscient de l'auditeur et je fais le choix conscient de ne pas l'inclure dans ma petite usine.

— Et il est déjà trop tard. Tu as goûté à l'Autre, c'est mort. Tu lui as ouvert le portail de ta conscience. C'est mort !

Il rit. Son rictus vrombissant de dix cylindres. Je sais qu'il se fout de moi. Son rire est monosyllabique…

Que des « hi, hi, hi » qui disparaissent dans une répétition infinie.

— Mais oui, fils ! Tu ne te rends pas compte ! Dès que tu penses à une mélodie, tous ceux que tu as rencontrés dans ta vie deviennent tes cocompositeurs ! Tous les artistes que tu as écoutés et applaudis et tous ceux qui étaient là au même moment que toi. La conscience créatrice est collective, collégiale, partagée ! D'office !

— Tu veux que je partage mes droits d'auteur avec la planète entière aussi, non ? Il ne restera rien pour tes petits-enfants, grand-père !

— Très drôle… Mais t'inquiète, même si tu n'as pas le mérite d'avoir participé au casting du grand film chez toi en bas, le rôle du passeur est quand même celui qui t'a été désigné.

— « Le passeur » ?

— Oui. Celui à travers qui les choses passent et se partagent.

— C'est ça mon rôle ?

— C'est ça ton rôle. Tu ne crées rien. Tu n'es que le passeur qui amène la création aux autres. Alors toutes vos histoires d'artistes, créateurs, penseurs… Voyez ça avec beaucoup d'humilité. Les choses que vous pensez imaginer existent déjà. Arrêtez de vous prendre au sérieux. Vous, les artistes, n'êtes tous que de simples coursiers. Et vous n'êtes rien sans récipiendaires.

Dur à avaler celle-là… Et moi qui me disais tout ce temps que j'étais utile à mon prochain par mon imagination foisonnante… Je ne saurais rien construire ? C'est déprimant de penser ça…

Bon, tout n'est pas perdu… Je sais au moins quand imaginer le beau.

Mais le paradis me ramène à terre. Les mélodies que je sors de ma tête existent déjà. Les mots aussi. Et je ne peux même pas prendre le crédit des assemblages que j'en ai fait. Ça calme bien l'ego tout ça… C'est curieux… Étrangement, je trouve dans cette désillusion un certain soulagement. La légèreté de ne plus devoir porter grand-chose d'existentiel sur soi. C'est pas mal, être coursier au final… C'est sur celui qui a écrit la lettre que tombe le poids d'une possible faute.

— Désolé, fils, mais c'est que ça me réjouit tellement de te voir comprendre. Tu as tout compris ! Tu n'es à l'origine de rien, et ça vaut également pour ta musique. D'ailleurs, la prochaine fois que quelqu'un te complimente ou dénigre ton art, réponds-lui sereinement : « J'y suis pour rien moi… je ne suis que le messager. »

— Pas mal…

— Bah ouais, fiston. En plus il y a plein d'avantages à tout ça ! Quand tu acceptes complètement ton job de messager et que tu apprends à t'en satisfaire… Par exemple, tu gagnes en humilité spontanée. C'est plus difficile de prendre la grosse tête quand tu n'arrives plus à prendre le crédit de grand-chose. Ça t'évite les conflits avec tous ceux qui sont en manque de reconnaissance… Tu peux leur en laisser et continuer ta route sereinement. Mais en plus, tu n'as plus besoin d'envier celui qui paraît en avoir plus que toi puisqu'à lui non plus, rien n'appartient. Il y en a qui passent le message en jet privé et d'autres en train… Et alors ? Vous êtes tous des postiers. Arrêtez de faire les malins ! Arrêtez d'essayer d'interpréter les messages. Vous n'en êtes pas capables.

— O.K… Mais *quid* de la liberté ? C'est de ça qu'on parlait à la base ?

— C'est simple. Tu n'es libre qu'à partir du moment où tu intègres que la conscience même de ton humanité dépend entièrement de la présence d'un autre qui doit, lui aussi, toute sa conscience humaine à ton regard et ton jugement. Tu n'es libre qu'à partir du moment où tu comprends et acceptes que tu ne le seras jamais.

— Je comprends mais… Il doit bien exister des petits coins de ma vie où je peux être libre, non ? Ma petite voix intérieure, tiens… Je suis bien libre de l'écouter, non ?

— Toujours ! C'est ta boussole la plus précise.

— Eh bien voilà ! On s'entend ! Au pire mon intuition est ma seule liberté mais j'en ai quand même une. Ma voix intérieure, elle, je ne la partage avec personne. Elle est produite en moi et s'exprime bien avant qu'elle n'ait rencontré le monde.

— Sauf que ta petite voix n'est pas plus libre que le reste.

— Ah bon ?

— Tu sais d'où elle te vient, la petite voix ?

— Non, pas précisément... Mais je sais que c'est elle qui m'évite les précipices.

— Oui, mais tu ne sais pas d'où elle vient et encore à qui elle appartient.

— Ben si ! Elle vient d'en moi... Donc elle m'appartient.

— En es-tu sûr ?

— Puisque je te dis qu'elle est intérieure ! MON intérieur. Pas l'intérieur du voisin ! Ça me semble évident !

Je ne sais pas pourquoi, mais j'ai un peu forcé sur l'adjectif. MON. Trop possessif. Nous avons tant besoin que les choses et les personnes soient à NOUS. Posséder... Quelle étrange pulsion... Peut-être notre défense, quand on commence à avoir cet épouvantable doute que, justement, rien ne pourra jamais nous appartenir.

— T'as un peu forcé sur le MON, non ?

J'entends un sourire narquois dans son timbre.

— Oui, Papa...

— C'est parce que vous les humains avez besoin de posséder les choses, les gens.

— C'est bon, Papa, je l'ai trouvée tout seul celle-là.

— Je sais !! Je sais !!!

Il en rit aux larmes. Je l'imagine enlever ses lunettes pour s'essuyer les yeux à la fin de chaque phrase et les remettre pour commencer la prochaine. Il faisait ça quand j'étais petit.

L'autre soir, à table avec Sofia et les enfants, je me suis surpris à faire exactement le même geste.

Ce devait être une blague de Merik ou Mila, je ne sais plus… Ce sont eux qui me font le plus rire. Plus encore que Roman Frayssinet, Fary ou Edgar Yves. C'est quand je suis heureux que je deviens encore plus mon père.

— Merci, fiston, ça me touche. Et pardon pour le rire… C'est pas pour me moquer… Au contraire… Je suis fier et content pour toi. Tu apprends vite ! L'Autre n'existe pas, puisqu'il est en fait nous et donc rien n'appartient à personne mais à tous. L'adjectif possessif, quel dangereux superflu dans vos grammaires !

— J'ai compris… Mon intérieur est lui aussi l'enfant des intérieurs qui m'ont précédé et entouré, celui de Maman le premier. Donc, jusqu'à mon inspiration artistique, je ne suis que le produit du fameux TOUT. Encore lui…

– Ben oui, fiston, tu ne t'en sors pas. Le TOUT. Tout est TOUT tout le temps.

Bon, la grammaire ici-bas a ses failles mais la poésie au paradis a les siennes.

– Donc, si je comprends bien, je ne peux en rien être libre et le comprendre, c'est être le plus près de la liberté… C'est ça ?

– Exact.

La liberté. Nous dépendons tous des autres. De nos contemporains comme ceux d'un autre temps. O.K… La liberté, ce n'est pas dans nos cordes. Mais si nous n'en aurons jamais les compétences, pourquoi on se tue pour cette affaire ? Que nous procure même l'illusion de la liberté ?

Ça doit bien nous apporter quelque chose ?

Ah… Mais bien sûr… C'est ça ! Penser que la liberté nous est accessible nous sert d'argument pour l'arnaque la plus toxique de l'histoire humaine : le libre arbitre…

Ah, ça… Pas besoin de la sagesse céleste pour en parler. Ça fait longtemps que j'ai compris que le libre arbitre était une escroquerie.

Pour rendre digeste l'idée farfelue que nous serions capables de choisir librement, il y a des génies qui ont inventé « le libre arbitre ».

Le concept est nocif mais brillant. « Vous êtes libres de vos choix. Ce qui vous rend, *de facto*, responsables de vos choix. Donc quand vous brillez, c'est grâce à vos choix libres, *applos applos* !!!! Et si vous merdez, tant pis, c'est de votre faute… Il y a un enfer qui vous attend, dans l'au-delà pour les religieux ou dans les diverses geôles terrestres ici-bas pour les athées. »

Le même gars qui a inventé l'Autre a dû inventer le libre arbitre dans la foulée.

Car ne l'oublie pas, Mr X n'est intéressé que par la possibilité d'un pouvoir perpétuel. Une fois qu'il a inventé l'Autre, le bien et le mal, pour bien bétonner l'affaire, il faut bien qu'il instaure la notion de responsabilité. Si personne n'est responsable de rien, comment et qui punit-on ? Et donc, comment écarte-t-on les éléments nuisibles à l'ordre établi ?

En ce moment, au Québec, un fait divers fait l'actualité.

En 2017, un jeune homme de vingt-sept ans, blanc et non-musulman – et le détail est important – a tué six personnes dans une mosquée dans la ville de Québec. Huit ans plus tard, ses parents publient un livre pour donner leur version de l'histoire en expliquant que leur garçon souffrait de sérieux traumatismes suite à des événements d'intimidations vécus à l'école, plus jeune. Le lendemain d'une apparition promo des parents à la populaire émission *Tout le monde en parle*, le Québec est divisé en deux. Il y a ceux qui empathisent avec les parents et ceux qui disent: «Toutes les victimes d'intimidation au secondaire n'attaquent pas une mosquée avec un Glock semi-automatique.»

En gros, les deux parties étaient d'accord sur une affaire. Il fallait répondre à la même question. «À qui la faute?»

Pour ma part, j'étais déchiré. J'avais de la peine pour les parents parce que j'en suis un. Je ne suis jamais certain d'être au maximum de ma vigilance. Et si mon fils se faisait intimider à l'école et ne me le disait pas? Et si ma fille faisait semblant de s'en sortir mais vivait l'enfer en silence? Et si mon fils avait été de ceux qui ont péri dans cette mosquée? Où trouverais-je justice?

C'est peut-être pour trancher sur la question de la justice que Mr X a inventé le libre arbitre... Pour une justice à hauteur d'homme.

Si, chaque fois que quelqu'un faisait le mal, il se retrouvait au tribunal, et pour sa défense disait: «Je n'étais pas libre de le faire, ce n'est donc pas de ma faute!», le procès durerait une éternité! Une éternité à essayer de trouver le coupable.

La chasse au coupable se passerait probablement en deux étapes.

La première étape serait d'identifier le coupable originel. Elle serait très longue mais aboutirait et mènerait probablement à une conclusion : le seul vrai coupable possible est le créateur ou la créatrice, le/la responsable originel/le, celui/celle, la chose qui a tout créé…

La deuxième étape serait interminable : trouver qui est le/la responsable à l'origine.

Mr X a dû se dire : « Je ne serai même plus vivant à la fin de la première étape du procès… c'est débile… Il me faut un raccourci à la justice… J'ai trouvé ! Le libre arbitre ! Je vais tous leur faire croire qu'ils sont libres de choisir. Comme ça, comme l'Autre, l'ennemi à punir sera à hauteur d'homme. Non seulement les humains seront capables d'identifier l'étranger à excommunier, mais ils auront en plus la conscience allégée puisqu'ils pourront se dire qu'après tout, l'Autre a choisi de faire le mal. Il aurait pu faire autrement… Il aurait pu choisir le bien, il en avait la liberté. Mais non… ce crétin a choisi le mal… C'est ce qu'il a librement choisi. »

Guillotine, chaise électrique, exclusion sociale, pauvreté, obésité… Il y a des conséquences aux choix qu'on fait, mon vieux. On est tous libres de nos choix.

Le libre arbitre. Si tu me le demandes, ça devrait être une concentration obligatoire pour toutes les facultés universitaires. En mathématiques, on devrait apprendre à modéliser le libre arbitre ; en médecine, une spécialisation en neurologie devrait se consacrer à déterminer la capacité du cerveau humain à produire des pensées purement originales, la physique devrait étudier à partir de quand et par quel mécanisme on a cessé d'être les conséquences chimiques du Big Bang pour devenir des êtres auto-déterminés et capables de liberté…

– Et ce serait en vain, Conny. Vous n'avez jamais été libres et vous ne le serez jamais !

– Papa, il y a quand même des domaines où on est capables de faire des choix délibérés…

– Ce que vous appelez des choix délibérés sont des choix que vous faites en réaction à des causes dont les mécanismes de création vous échappent complètement. Quelle caractéristique proprement humaine serait responsable des choix que tu appelles « libres » ?

– Le fait que j'aie une conscience. C'est ma conscience qui produit une pensée.

– Admettons… Mais elle te vient d'où, ta conscience ? Et sais-tu comment elle s'y prend pour produire ta pensée ?

– Pas trop, non…

– Ne t'en veux pas… Encore aujourd'hui, les plus grands scientifiques du monde sont incapables de le savoir. Alors comment peux-tu appeler « libre » un choix qui a été fait par une chose dont tu ignores l'origine et le fonctionnement ?

Il marque un point. En effet si je dois ma carrière en musique à une chaîne de phénomènes et d'événements hors de mon contrôle, c'est peut-être le cas pour tout dans ma vie.

– O.K… Mais, Papa, Sofia, je l'ai bien choisie. J'ai pourtant rencontré beaucoup de filles bien dans ma vie… Pourquoi m'être arrêté sur elle ?

– Ah ! L'amour ! Excellent pour démontrer ce mirage qu'est le libre arbitre. Donc tu penses avoir choisi Sofia ? Et Sofia t'aurait choisi aussi… Librement ?

– Ben, oui… personne ne nous a forcés.

– Eh ben si ! Vos destins vous ont forcés ! Pour vous rencontrer, il fallait bien que vous vous retrouviez au même endroit, non ?

– Je sais ce que tu vas me dire… que ni elle ni moi sommes à l'origine des raisons qui nous ont amenés à Montréal en 2005. À la limite, on doit tout à nos parents dont les décisions nous ont fait faire le tour du monde… Sauf que même dans ces intersections espace-temps, nous avions plusieurs choix et nous avons fait le nôtre.

– Oui, mais tu triches, là ! Tu ne peux pas marquer un but au foot et ignorer l'importance de la passe décisive… Même si, au lieu de faire un contrôle, tu as opté pour une reprise de volée, ton pourcentage de réussite dépend entièrement de la qualité de la passe.

— Mais ça ne change rien. Que je marque ou pas, le choix était le mien. J'ai fait le choix libre de…

— Non, non, non… Ton choix du tir dépend toujours de ton appréciation de la passe. Si tu estimes que la passe est assez précise pour une reprise de volée, tu le fais, et si tu penses qu'il te faut un contrôle et que tu penses en avoir le temps, eh bien c'est ce que tu fais… Mais, dans tous les cas, tu es tributaire de la nature de la passe que tu reçois.

— Oui, mais peu importe la passe, au moment de la réception, c'est moi qui décide… Non ?

— Oui, c'est toi qui décides, mais pas librement. Parce qu'au moment où tu vois la balle venir, un nombre incalculable de possibilités se dressent devant toi et tu n'as pas le temps de peser le pour et le contre, tu agis par réflexe. Et le réflexe est tributaire de ce que tu as mangé la veille, de ce que t'a dit ta compagne avant le match, de ce que la pelouse t'a rappelé comme souvenir d'enfance… C'est ton réflexe mais il est tout sauf libre, c'est d'ailleurs la définition du réflexe. Un manque total de liberté.

— Et donc libre arbitre…

— Fiction ! Un truc pour facilement vous permettre de vous organiser en société. Il vous faut des responsables pour le bien et pour le mal. Pour le bien afin de vous faire croire que vous méritez l'amour ; pour le mal pour vous faire croire que d'autres méritent la haine.

— Mais, Papa, j'y reviens parce que ça me fait toujours mal, parce qu'ils ont privé de mes enfants des grands-parents, des oncles et une tante... Ces hommes qui sont venus à la maison, ce soir du 15 avril 1994, ils ont bien fait le mal ? Non ?

— Conny, je te l'ai déjà dit, il n'y a ni de bien ni de mal. Je ne peux pas dire que ce qu'ils ont fait est bien, non...

— Bon. Donc ils méritent une petite punition ?

Je dis « bon » comme Papa, pour marquer mon grade. C'est fou comme on devient nos parents un jour... inévitablement.

— Une punition ? Non, puisque ce qu'ils ont fait était nécessaire.

— Nécessaire ?

— Oui. Dis-moi quelque chose fiston... Qu'est-ce qui te rend le plus heureux ?

— Sofia et les enfants.

— D'accord. Sans Sofia, il n'y a pas d'enfants, d'accord ?

— Il y en a peut-être...

— Oui mais pas Merik ni Mila.

— C'est vrai...

– Et tu me dis qu'ils te rendent heureux parce qu'ils sont spécifiquement eux et non pas d'autres enfants dont tu pourrais t'imaginer les visages et les tempéraments, on est d'accord ?

– Oui.

– Et tout ça ne marche pas si tu ne rencontres pas Sofia en 2005, on est d'accord ?

– C'est vrai…

– Et tu ne rencontres pas Sofia en 2005 si tu ne quittes pas le Rwanda sans famille ni patrie en 1994, on est d'accord ?

– Je vois où tu veux en venir…

– Eh oui, fiston. Tu dois ton bonheur au pire de ton existence ! La sagesse, ce n'est pas quand on pardonne aux bourreaux mais quand on les remercie. Quand on arrive à ce niveau de renoncement, là, on touche à quelque chose…

Elle est dure à avaler celle-là. Je m'étais toujours félicité d'avoir pardonné à ces hommes qui m'ont tout pris il y a trente ans… Quelqu'un m'avait dit que le signe de la guérison était la certitude qu'on avait cessé d'en vouloir à ceux qui nous ont fait le plus mal. Mais Papa dit autre chose. Il dit qu'on ne guérit qu'à partir du moment où l'on reconnaît le bénéfice de ses afflictions et par conséquent de ceux qui en sont responsables.

– Mais en sont-ils responsables ?

– Laisse-moi deviner... Ils n'étaient libres que d'obéir à leur conatus et le rôle écrit pour eux dans cette vie-ci était celui de me piller, d'être les monstres utiles qui devaient éclairer mon conatus à moi.

– C'est le cycle de la vie. La grande boucle. Et chacun joue son rôle.

Je ne suis pas certain que l'humain soit capable d'empathie.

Les débuts de ma relation avec Sofia, mon épouse, se sont passés, comme tous les grands commencements, dans un dense brouillard. Je ne savais pas ce que je faisais. Visibilité zéro. C'est toujours ça les grands amours. Une force qui ne divulgue rien, pousse vers l'avant et vous demande de faire acte de foi, sans vous dire où ça mène ni comment s'y prendre, tout en vous jurant que ça en vaut la peine. Un stage pour le job de parent je suppose…

Au début, avec Sofia, j'ai beaucoup improvisé. C'est une des plus pures expressions du conatus, l'improvisation en amour. On est dans un mode automatique qu'on n'a pas enclenché et qu'on ne peut donc pas interrompre.

Mais si on tient le cap, on n'est pas à l'abri d'agréables surprises. De l'autre côté de l'épreuve.

Souvent nos conversations se passaient en langue étrangère et les sous-titres passaient beaucoup trop vite pour moi. Alors je faisais semblant de la comprendre, pensant éviter une dispute pour finalement en avoir une quand même, qui, je le sais aujourd'hui, était toujours pire que celle qui aurait eu lieu si je lui avais avoué ne pas être fluide dans sa langue.

Elle me disait souvent cette phrase : « Peux-tu te mettre à ma place ? »

Je lui répondais ce que j'imaginais qu'elle attendait comme réponse. Je disais oui.

Erreur. D'accord, il y a peut-être des moments dans la vie où mentir est une bonne stratégie.

Par exemple, tu t'apprêtes à sortir de la maison pour un rendez-vous médical qui a été impossible à obtenir et votre compagne te demande : « Chéri, est-ce que tu aimes ma nouvelle paire de jeans ? » Il n'y a pas d'options, la réponse est évidemment « oui ».

Mais à la question « peux-tu te mettre à ma place ? », il est judicieux d'opter pour la franchise. Puisque de toute façon, inévitablement, ta compagne finit par se rendre compte du mensonge quand, samedi, ça fait trois fois que tu répètes la même maladresse qu'elle t'a reprochée lundi.

L'impasse m'a forcé à voir la vérité en face. Je n'avais pas les compétences pour l'empathie que Sofia espérait de moi. Puis, un jour où j'avais passé la matinée à cogiter (j'avais le temps de cogiter, c'était avant les enfants), j'ai eu une illumination ! J'ai compris !

J'étais incapable de me mettre à la place de Sofia, non pas parce que je ne l'aimais pas assez, non pas parce que j'avais moins de cœur que les autres, mais précisément parce que, comme tous les autres, j'étais un humain. Je ne suis pas certain que l'humain soit capable d'empathie…

L'empathie au sens où Sofia l'entendait, à savoir, le talent d'instantanément loger sa conscience dans le corps de l'Autre. Non mais… Tu t'imagines ce que ça implique ? Se mettre à la place de l'Autre ? Il faudrait que, dans la seconde suivant l'ordre de l'empathie, notre cerveau puisse avoir un accès immédiat à l'histoire de vie complète de l'interlocuteur, puisse l'analyser, en comprendre chacune des complexités, chacune des implications, apposer ensuite cette histoire à la nôtre et conclure qu'il y a assez de similitudes entre les deux lignes de vie pour prétendre comprendre et affirmer que, dans la même situation, on aurait agi exactement de la même façon que la personne qui nous accuse d'avoir manqué d'humanité. Je ne sais pas pour toi, mais mon disque dur n'est pas assez performant pour ça. Un jour, peut-être, où mes neurones auront rejoint le réseau d'un super ordinateur quantique…

Mais avant ça, quand Sofia me dit de me mettre à sa place, je dois me résigner et accepter ma simple condition d'humain. Me mettre à sa place, je ne sais pas comment faire. J'aimerais bien. Je comprends bien le bénéfice de l'entreprise. Pour mon couple et pour l'humanité entière. Mais j'en suis navré, je n'en suis pas capable. C'est un idéal. Un horizon. Qui se déplace au fur et à mesure qu'on s'en approche pour qu'un jour on se retourne et qu'on se rende compte avec fierté du chemin parcouru. Mais pour moi l'empathie, comme le bien, comme l'intelligence, comme la générosité et le reste, reste une aspiration. Peut-être serait-il sage de voir toutes ces vertus comme une constellation. Et non comme des objectifs.

Si jamais vous rencontrez quelqu'un qui vous déclare, au premier degré, avoir l'horizon pour projet, il est possible que vous ne l'invitiez pas à dîner. C'est de la folie !

Je ne pourrai jamais me mettre à la place d'une femme. Je n'en ai pas l'imagination. Quand j'ai compris ça, ma relation avec Sofia a changé. La fois suivante, quand elle m'a demandé si je pouvais me mettre à sa place, je lui ai dit, avec une relative conviction : « Non… Je ne serai jamais capable de me mettre à la place d'un autre humain. Encore moins d'une femme. Mais comme je tiens à vieillir avec toi, je pense avoir trouvé un truc. Je vais devoir accepter que toute émotion que tu exprimes est vraie pour toi, donc vraie pour l'équipe et donc ne nécessite ni explication ni justification. C'est vrai et c'est tout. »

Il fallait désormais que j'aie assez confiance en elle pour la croire sur parole.

Ça a tout changé. Tout d'un coup, la phrase «je m'excuse si j'ai pu te blesser» était tout à fait honnête puisque, n'ayant pas la capacité d'être Sofia pendant un désaccord, l'ignorance devenait une explication intègre pour la faute de l'avoir blessée. Si l'humain était capable d'empathie comme réflexe, chaque humain sur Terre ayant blessé quelqu'un, la planète ne serait peuplée que d'êtres sadiques, libres de leurs gestes, qui choisiraient de blesser plutôt que d'admettre défaite.

Et puis ce que nous appelons «nos empathies» est évidemment biaisé, construit par nos idiosyncrasies elles-mêmes nées de nos histoires particulières. J'ai du mal à me mettre à ma propre place, alors les autres…

Je ne savais pas grand-chose quand j'ai rencontré Sofia, mais je savais ceci: c'était par mon union avec elle que le reste de mes bonheurs serait possible. Alors j'ai dû faire ce qu'il fallait. Puisque j'avais tout intérêt à ce qu'on fasse société, elle et moi. N'ayant pas la cervelle assez ingénieuse pour me mettre à sa place, j'ai dû accepter de prendre ses cris de douleur pour argent comptant sans jamais les remettre en question.

Faire société est devenu compliqué aujourd'hui parce que lorsqu'un transsexuel nous demande de respecter son choix de pronom, on trouve qu'il abuse un peu, parce qu'à sa place, nous, bien conscients de « nos déviances », on n'en demanderait pas autant.

Parce que lorsqu'un Afro-Américain supplie qu'on ne prononce pas le mot en N*, on se dit « quand même, il/elle abuse un peu, à sa place, après tout ce temps, j'en serais revenu. »

Parce que lorsqu'une mère parle de charge mentale, on se dit : « Oui, mais tout de même, et nous alors… Vous pensez que c'est facile d'être un homme ? »

Parce que lorsqu'un Caucasien cinquantenaire, hétéro, dit : « Nous sommes depuis peu socialement castrés, on ne peut plus rien dire », on lui dit « Vas-y, chiale ! Chacun son tour ! »

— T'en penses quoi, Papa ?

— Bah oui, fiston ! Les « à sa place, à leur place… », il faut abolir ça aussi !!! Vous ne savez pas faire ça ! Ce que vous appelez « empathie » est en fait autre chose… C'est la capacité d'avoir confiance en l'autre. Assez pour le croire sur parole lorsqu'il vous dit qu'il/elle a mal. Ce que tu as réussi à faire avec Sofia, cette confiance en elle que tu t'es trouvée, eh bien il faut l'appliquer à tous.

— À tous ?

— Je t'explique. Comme vous souffrez tous de la trouille chronique, lorsque quelqu'un vous dit : « J'ai mal par ta parole », vous entendez la menace muette d'une vengeance que vous ne verrez pas venir. Croire la personne sur parole devient alors une admission de culpabilité. Si une personne te dit : « Le mot "nègre" me blesse » et que tu réponds : « Je te crois, je t'ai fait violence en disant ce mot, je m'en excuse », tu admets le crime. Et pas seulement le tien mais aussi les crimes de tous ceux à qui, selon l'Histoire, tu ressembles. Alors, pour t'en dédouaner, tu te fais croire que tu as la capacité de te mettre à sa place et te convaincs qu'à sa place tu n'en aurais pas fait tout un plat.

Il vous faut trouver la manière de rétablir la confiance en l'Autre. C'est urgent ! Il vous le faut pour arriver à cet amour radical dont tu parles et, pour cela, le seul moyen est la confiance en l'Autre comme loi. Comme tu as fait avec Sofia.

Ouf… La confiance gratuite en l'Autre… Oublie ça !!! J'ai le vertige juste à y penser. Mais on se fait manger tout cru comme ça ! Se mettre à la place de l'Autre m'a l'air plus réaliste. Et puis, tu l'as dit toi-même, nous sommes UN, nous venons de la même matière, on devrait donc être capables de se projeter dans l'âme d'un autre, dans le corps d'un autre… Voir ce qui s'y passe et ensuite on voit si on accorde sa confiance ou pas.

— Ah bon ? ! Tu fais comment pour te mettre à la place de quelqu'un qui a le ressenti de s'être trompé de corps ? Et puis qu'est-ce qui te dit que tu es dans le bon, toi ?

Ah ben là, on aura tout vu ! Papa, quarante-trois ans, daron africain dans les années 1990, activiste LGBTQ++ !

— Bah, Papa, je le sens, je le sais…

— Eh bien le trans aussi, il le sent, que le sien n'est pas le bon ! Lâchez-les bon sang !

— O.K., Papa. Monsieur est au paradis, monsieur est tout d'un coup béni de saintes sagesses… N'oublie pas que tu as déjà été un papa africain, hein ! Tout d'un coup tu es *woke* ?

— Mais arrêtez avec vos petits termes que vous dégainez à la moindre escarmouche…

— Papa ! Tu sais qu'il y a des états aux États-Unis où il est permis à des enfants de treize ans de décider de leur transition sans l'accord des parents ? C'est du délire ! Tu accepterais ça, toi ? Payer tes impôts dans un pays comme ça ?

— Mais tu mélanges tout ! C'est quoi le rapport ? Évidemment qu'à treize ans on ne devrait prendre que très peu de décisions. C'est pour ça que Merik ne boit pas encore d'alcool ; son cerveau, son âme même, sont encore en phase critique de développement. Pareil pour le permis de conduire, pour le vote. Quoique pour le vote… Ce serait peut-être une bonne idée de laisser le vote aux enfants dès qu'ils savent lire. Parce que, honnêtement, vu comme vous votez et vu comme vous êtes mauvais perdants... Mais je m'égare. On est d'accord, il faut laisser les enfants être des enfants. Mais dès qu'on atteint l'âge des autres privilèges adultes, les impôts, l'alcool et le vote, eh bien... à chacun son corps aussi ! Et puis en quoi croire un/e trans sur parole menace ton bien-être ?

– Bah... c'est en train de bousiller nos modèles familiaux, nos repères...

– Ah bon ? ! Et un couple gay qui adopte alors ? Elle est où la tradition ?

– C'est pas pareil, deux femmes ou deux hommes qui adoptent, ce sont deux adultes qui ont choisi de partager leur amour avec un enfant...

– Illégal en Angleterre jusqu'en 1967. Je ne te parle pas du XVIe siècle...

– Et alors ?

– Ben aujourd'hui, vous êtes tous là à défendre les droits des homosexuels mais à condamner les trans, comme si l'amour entre deux cœurs du même sexe avait toujours été normal.

Il marque un point... Mais je suis Bélier, je persiste.

– Oui mais, Papa, un enfant a besoin de savoir qui est un homme et qui est une femme, non ?

– Pourquoi ? Pour mieux savoir dans quelle case ranger les uns et les autres ? Tu sais pourquoi les gays, les trans, le mouvement LGBTQ+, les femmes qui ne veulent pas avoir d'enfants posent problème ?

Je prends une respiration. Je n'en peux plus de la suffisance des paradisiens…

— J'écoute…

— Parce que vous avez peur de tout ce qui met en péril vos potentiels de reproduction. Darwin l'a dit, vous ne pensez qu'à ça, repeupler… Mais il a aussi dit que vous êtes programmés pour surproduire. Pour être certains de ne jamais disparaître. Donc, dès qu'un acte sexuel ne donne rien qui va à la crèche… vous capotez[1] ! Laissez les gens être ce qu'ils sentent être, qu'est-ce que ça vous coûte ?

— Ça nous coûte nos croyances, j'imagine… Il nous faut croire en quelque chose…

— Ben, croyez les autres quand ils vous parlent d'eux, alors !

— Mais ça, c'est supposer que l'autre se sait de fond en comble…

— Mais toi non plus tu ne te connais pas de fond en comble. Aucun d'entre vous ne sait faire ça, donc lâchez l'affaire. Écoute, fiston, ce qu'il faut que tu retiennes sur l'empathie est que vous n'avez pas les compétences pour vous mettre à la place les uns des autres. Vos cervelles ne sont pas assez bien faites

1. Vous paniquez.

pour ça. Ce que vous appelez « empathie » est en fait votre capacité à mettre votre confiance dans les mains d'un autre.

– Je ne comprends pas…

– Quand tu as compris qu'il te faudrait au minimum être une femme pour te mettre à la place de Sofia et que tu y as renoncé pour, à la place, la croire sur parole, ce que tu as fait en substance est un acte de foi en elle. Ce que tu lui as dit, c'est : « Je te fais assez confiance pour me commettre à toujours te croire quand tu me dis que tu as mal. Je te fais assez confiance pour me commettre à ne jamais te prêter l'intention de vouloir me tenir par la culpabilité. Je prends le risque imprudent de confier mon cœur au tien. » De toute façon, je te l'ai déjà dit, et j'aurais aimé le savoir avant de mourir, ça m'aurait été utile avec ta mère : les femmes et les hommes ne sont pas faits pour se comprendre, ils sont faits pour s'aimer. Arrêtez d'essayer de vous comprendre à tout prix. Ayez plutôt foi en l'Autre. C'est ce qui vous manque à vous, là, en bas… Quand un Afro-descendant demande qu'on arrête de prononcer le mot en N* parce que ça fait remonter à la surface des douleurs complexes, on devrait simplement lui dire : « Je te crois. » Une personne caucasienne ne peut pas intégrer dans son schéma psychologique l'expérience quotidienne d'une personne afro-américaine ou afro-descendante tout court. Une personne caucasienne ne peut pas comprendre la psyché d'un descendant d'esclave... Il faut avoir hérité de ce genre de traumas pour le comprendre. Et puis qu'est-ce que ça coûte de ne plus pouvoir dire un mot... Il y en a tant d'autres, et qui ne font pas mal en plus !

De la même manière, une personne afro-descendante ne peut pas comprendre la réalité d'un homme caucasien à qui l'on dit depuis des siècles qu'il fait partie des élus quand, dans un empire blanc et patriarcal, il est génétiquement mieux disposé à la belle vie que tous les autres mais qu'il voit bien que ni ses ancêtres ni lui n'ont jamais goûté au rêve « blanc », qu'ils n'ont jamais arrêté de trimer, n'ont jamais rien possédé et que ce sera pareil pour ses enfants.

Tout comme un homme ne peut pas comprendre ce que c'est que de sentir son corps se vider de son sang, peu importe que ce soit pour repeupler l'humanité ou pas. C'est mission impossible que d'exiger de l'Autre la compréhension. On ne peut s'accorder que la confiance. « Je crois que ta douleur est réelle. Je crois que ton appréciation de toi-même est le seul point de départ. J'accepte que ton ressenti soit vrai. » Vous avez développé cette manie, vous autres Terriens, de vouloir imposer vos psychés aux autres. « Sois moi ou rien », semblez-vous dire. Vous êtes tous devenus des petits dictateurs, en fait !

Il n'a pas tort, le vieux. Ma relation avec Sofia est mon projet de société le plus réussi. Le plus complexe, le plus ébranlant, le plus désorientant et en même temps le plus stabilisant et le plus stable. J'ose dire le plus viable. Nul ne peut prédire l'avenir mais, comme dirait l'autre, « jusqu'ici tout va bien ». Et c'est grâce à la confiance qu'on a en l'autre. On se croit quand on se dit qu'on s'aime. On se croit quand on se dit qu'on est désolés. Je n'aime pas Sofia parce que je lui fais confiance. Je dirais plutôt que je lui fais confiance parce que je l'aime. Et je l'aime parce que faire société avec elle m'augmente. C'est l'amour qui est fondateur. La confiance n'est que la technologie que j'ai trouvée pour bâtir ce gigantesque monument qu'est le couple. C'est cela que j'appelle l'Amour radical. Un amour si suprême qu'il dicte pour un état, et à lui tout seul, toute une constitution.

Mon amour pour Sofia, pour notre famille, est radical, parce que je comprends que la plus grande partie de ma paix intérieure dépend de la bonne santé de notre projet commun. Notre petit État à quatre. Mais ce petit pays n'existe pas en vase clos. Mon petit peuple en est un qui respire au sein d'un autre plus grand peuple. L'Humanité.

Et je serais naïf de nous en penser isolables. La violence voyage bien et sans bruit. Un jour, elle cogne à ta porte et ce que tu trouves à dire, c'est « on ne l'a pas vue venir… ».

Quand l'Humanité vacille en République démocratique du Congo, en Palestine ou au Soudan, j'en ressens les secousses et ne peux m'empêcher de penser que mes enfants ne sont qu'à un caprice près de l'histoire, de la géopolitique, de l'économie ou de la nature pour voir ces violences à leurs portes, comme je les ai vues au Rwanda, il y a trente et un ans.

Alors peut-être que pour faire société, nous devrons produire les mots, les techniques, les technologies, les systèmes, qui nous inciteront, en priorité et devant tout autre élan de l'âme, à nous faire confiance.

Mais je ne suis pas si naïf que ça. Il est plus facile pour moi de respecter mon contrat de confiance avec Sofia. Je sais ce que j'ai à perdre si je cesse de lui accorder ma foi. Comment fait-on pour produire en nous la même confiance pour un voisin dont les médias, les penseurs professionnels et les algorithmes d'information nous disent être notre « Autre » ? Le loup qui nous mangera si on ne le mange pas.

– Papa, comment je fais pour augmenter cette confiance en l'Autre, en moi et chez les autres ?

– Dans un premier temps, continue de nourrir ta confiance en Sofia, continue de prendre ce pari fou. Elle fera de même. Et tu verras, d'ici peu, vous n'aurez plus du tout besoin de vous rappeler qu'il faut le faire. Votre union s'élèvera à une toute nouvelle nature. Vous serez UN. C'est une petite astuce de l'Univers, ça, l'amour à deux… C'est la première étape sur le chemin du grand retour. Le retour vers le TOUT qui vous contient. Vous a toujours contenu. Mais bon, comme je te l'ai dit, vous l'avez oublié, ça.

Je ne me dispute presque plus avec Sofia. On s'est assagis avec l'âge. Mais c'est vrai que chaque fois que ça s'enflammait entre nous, au début de notre histoire, et qu'un de nous changeait de pièce pour respirer, j'avais l'impression d'être séparé d'une partie de moi. C'était au niveau du cœur et de l'estomac que ça se déchirait. On n'a jamais été capables de rester fâchés plus d'une heure. C'est plus fort que nous, on trouve toujours le moyen de marcher sur les décombres de nos enfances pour nous retrouver. Nous réparer.

Mais quand même, même pour nous, aussi fusionnels que nous soyons, la confiance fait des caprices. Alors la confiance pour un étranger…

– O.K., admettons que j'y arrive, à devenir UN absolu avec Sofia, ce qui n'est quand même pas gagné… On fait comment pour distribuer ça à grande échelle ? Cette confiance radicale ?

— Pas gagné d'avance tu dis ? Gigantesque projet, la confiance radicale ! Mais quand on y arrive, ne fût-ce qu'avec une autre personne, ça dégage une force nucléaire cette affaire ! Ce genre d'amour entre deux êtres, ça sécurise, ça guérit et surtout ça redonne la mémoire d'un temps où le sentiment de vivre une existence individuelle n'existait pas. Ça sert à ça, l'amour à deux. À partir de là, tu arriveras encore plus facilement à faire l'avocat du diable, à défendre ce qui est réel pour les uns et indéfendable pour les autres. Puisque tu commences doucement à te rappeler que jadis vous étiez UN. Et c'est exactement ce qu'il vous faut en ce moment, là-bas en bas… Aimer celui dont on vous dit qu'il est dangereux. L'aimer pour le défendre. Tant qu'à devenir machine, réarranger vos cerveaux pour que cela devienne le réflexe dominant. Défendre le diable. En théorie d'abord. Mettez ça dans vos livres sacrés. En pratique ensuite, mettez ça dans vos constitutions, dans vos *blockchains*, faites-en loi de la nature.

— Oui mais, pour le comprendre, il faut bien de l'empathie justement, essayer de se mettre à sa place, non ?

— Eh bien non, justement ! Quand tu te mets à sa place, tu finis par parler à sa place. Lui prêter ta façon de voir le monde. Comprendre l'Autre, vraiment le comprendre, c'est l'écouter et le croire. Sans jugement de valeurs. C'est pour ça qu'il faut arrêter le culte des valeurs. Vous êtes, chacun dans votre meute, si attachés à VOS valeurs que vous n'écoutez plus. Et sans écoute, pas moyen de comprendre, encore moins de défendre.

– C'est facile à dire… Tiens, l'autre jour, dans une vidéo sur les réseaux, on voyait un conducteur à une pompe à essence et en légende était écrit : « Je ne peux pas croire qu'en 2025 il y ait encore des imbéciles qui ne conduisent pas électrique. » Je suis désolé, Papa, mais je l'écoute comment quand il me gifle d'emblée avec ses valeurs ? Tu fais comment pour écouter quelqu'un qui te traite d'imbécile ?

– Tu le connais ce gars ?

– Non, mais…

– Pourquoi tu t'excites, alors ? Laisse circuler… Pourquoi ça t'enflamme autant ? T'es-tu posé la question ?

– Parce qu'il n'a aucune idée de ce que ça fait à l'enfance en RDC[1] toutes ces batteries. Avant de me traiter d'imbécile, l'autre…

– Excellent exemple, ça. Tu as raté l'occasion d'être à l'écoute, cette fois-là… Tu aurais pu lui répondre : « J'entends que l'état de la planète te préoccupe, et je comprends aussi que ça suscite beaucoup de colère

1. République démocratique du Congo.

chez toi, et on aurait évidemment tort de ne pas se préoccuper un minimum du sort de notre habitat. Cela dit, savais-tu qu'en RDC des enfants travaillent dans des mines de cobalt, dans des conditions innommables, pour que ta Tesla ne te coûte pas le triple de ce que tu l'as payée ? »

— Papa, il venait de me traiter d'imbécile… C'est trop, ce que tu demandes.

— D'abord il ne t'a pas traité d'imbécile, il ne te connaît pas…

— Tu comprends ce que je veux dire. Il m'a mis dans le sac des éco-irresponsables et…

— C'est pas ça qui t'a titillé. S'il avait dit « éco-irresponsables » au lieu d'imbécile, tu aurais été moins contrarié, je me trompe ?

— Non. J'imagine…

— « Imbécile ». L'insulte. C'est l'arme des démunis. Mais la réaction à l'insulte aussi. Et tu sais pourquoi ça fait autant bouillonner, l'insulte ?

— C'est dévalorisant, déshumanisant parfois même…

— Oui, mais c'est surtout que ça vous met face à votre incapacité totale d'être réellement empathique. Dans l'exemple de cette vidéo et de sa légende, ce qui t'a mis en colère est surtout le fait que, inconsciemment, tu as essayé de te mettre à sa place et t'es dit : « À sa place, je n'en serais pas venu à la dévalorisation d'autres êtres humains en les traitant d'imbéciles. C'est une faute grave qui doit être punie par excommunication. » Tu t'es retenu de le traiter d'être ignoble, ignorant, avec une sensibilité à géographie variable parce que tu es protecteur de ta réputation, en tant que personnalité publique, mais si tu n'avais pas eu ce statut-là, et si en plus tu avais découvert que ta compagne te trompait depuis des mois et que tu avais un compte en banque qui souffrait, crois-moi, tu l'aurais traité de pire qu'un imbécile… Et tu n'en as pas pensé moins, donc c'est tout comme. C'est pour ça que je te dis qu'il faut arrêter d'imposer l'empathie comme vertu. Vous n'en êtes pas capables. Ça finit par vous exploser au visage. Vous ne faites que vous faire mal. Vous faites le long chemin de vous mettre à la place de l'autre pour y trouver quelqu'un qui n'est pas vous. Et c'est cette trahison qui fait mal et vous bouche les oreilles. Et oui, fils, parce que ce que tu as manqué, c'est que ce jeune homme, en t'insultant, il ne parlait pas à toi. Il parlait de lui. Si tu avais été à l'écoute, tu l'aurais entendu ça…

– Mais comment on fait pour entendre quand l'insulte est assourdissante ?

– La confiance comme disposition par défaut, fils ! Dès que tu entends une insulte qui t'est adressée, traduis par : « Je souffre, est-ce que quelqu'un m'entend ? » Prends le risque de donner ta confiance au blessé. Si ce n'est pas à l'Autre qui a mal, et qui est donc imprévisible et pourrait par conséquent te nuire, accorde ta confiance à l'enfant qui se cache derrière la jupe de l'invective. Voilà ! Quand l'adulte t'insulte, ignore-le et entends plutôt l'enfant qui pleure. C'est plus facile de faire confiance à un môme. Et le môme est toujours là. Car les humains ont beau toujours vieillir, ils ne grandissent jamais.

– Je commence à comprendre... Mais quand même, c'est beaucoup demander, Papa. L'idée est belle, divine. Mais j'ai bien peur que l'on n'y arrive pas.

– Oui, mais quel autre choix avez-vous, fiston ? Fais l'état du monde... Le fossé entre les riches et les pauvres, les hommes, les femmes, les uns et les autres... Ça ne s'arrange pas, votre histoire. La machine qui s'immisce à votre humanité sans invitation maintenant... Vous n'êtes pas bien, là... Tu as d'autres idées peut-être ?

– Non, pas vraiment... Je ne sais pas...

– En tout cas, il y a une chose que je sais que tu sais. Tu sais le prix à payer quand la confiance en l'autre se fait bouffer par la peur de l'autre. Un jour, on se vante d'être la petite Suisse d'Afrique, et un matin, on se réveille dans un bain de sang chaud, au milieu d'hommes devenus égorgeurs ou délateurs.

Je ne sais pas comment vous allez faire, mais vous avez intérêt à y arriver, à la confiance radicale... Et puis vous êtes si ingénieux ! J'ai confiance ! Vous savez bien envoyer des engins sur Mars, alors fabriquer un peu de foi en l'autre, avec un peu de sérieux, vous devriez en être capables, non ?

Je l'espère. Polytechnique, MIT[1], Stanford, ingénieur de la confiance en l'autre. Ingénieur en amour radical. C'est un futur qui fait rêver. C'est peut-être lunaire, mais on a déjà tout essayé sauf ça, alors... Qu'avons-nous à perdre ?

– Papa, je veux bien aller dans ton sens, mais à toute fin pratique, ce serait quoi, la première étape ?

– Ah ! J'oubliais, j'aurais dû commencer par ça... Commencez par croire les femmes. Croire EN la femme. Je ne sais pas quand ni pourquoi vous avez inversé les choses, dépouillé la femme de sa position naturelle. Sa position naturelle est au-dessus. Qu'est-ce que vous vous êtes compliqué la vie ! Trouvez-vous une femme en qui vous arrivez à avoir confiance. Et le reste suivra. Si je l'avais su de mon vivant, tout aurait été plus facile ! Et surtout n'essayez pas de vous mettre à sa place, hein ! Faites-lui juste confiance ! Comme tu fais avec Sofia.

1. Massachusetts Institute of Technology.

Faites-leur con-fiance. J'ai deux règles pour une vie sereine. Après je vais me coucher. T'es prêt ?

– Oui, Papa...

– O.K. Écoute bien. Bossez pas trop l'hiver et faites confiance à une femme. Le reste suivra.

La sagesse, ce n'est pas quand on pardonne aux bourreaux mais quand on les remercie.

Quoi qu'on en dise, pardonner reste un immense projet pour moi. Le pardon à ceux qui m'ont fait mal. Le pardon… le vrai, je te parle.

Celui qui n'a qu'amour au cœur de son geste. Celui qui libère véritablement puisqu'il nous coupe pour toujours le cordon victimaire.

Le pardon qui me permettrait de dire à ceux qui ont assassiné ma famille : « Je reconnais en vous une part de moi dont je suis séparé depuis le début des étoiles et je porte aussi en moi tout ce qui, dans votre vie, a rendu votre cruauté inévitable. Vous et moi faisons UN, je vous aime. Je vous pardonne. »

C'est de ce pardon-là qu'on parle quand on ordonne aux croyants du monde d'être miséricordieux.

Mais je ne sais pas faire ça, moi !

Comme l'intelligence, le bien, la générosité et tous ces autres idéaux qu'on s'impose, le pardon qui est mis sur un piédestal n'en est pas un qui nous soit accessible, à nous simples Terriens. Il faut être voisin de Papa qui est aux cieux pour aimer de la sorte.

Nous, modestes vivants, ne sommes capables que de deux types de pardon.

Il y a d'abord le pardon de l'ego. J'ai essayé et ce n'est pas très durable. C'est le pardon qui punit par suprématie morale. Une technique qui renverse le rapport de forces entre le bourreau et la victime.

Quand les soldats du FPR m'ont pris ma famille, à cet instant-là, ces hommes-là étaient plus forts que moi. Puisqu'ils ont été en mesure, en moins d'une minute, d'irréversiblement changer le cours de mon existence sans que je puisse lever un doigt.

Mais aujourd'hui, avec la vie que j'ai, avec ce que j'ai accompli, en disant «je leur pardonne», je leur dis en majuscules que je les ai dépassés en grade.

S'ils étaient devant moi, leur dire «je vous pardonne» reviendrait à les tuer une deuxième fois, parce que j'estime que quand on tue délibérément, on meurt avec sa victime. Permets-moi, chère amie, cher ami, cette brève parenthèse. Je me suis toujours demandé ce que ça coûte à un être humain de délibérément, en toute âme et «conscience», enlever la vie à un autre être humain…

Le soir de l'assassinat de ma famille, quand je suis sorti de ma chambre pour rejoindre le reste de ma famille que les bourreaux avaient réunie dans notre salon, j'ai croisé le regard d'un de ces hommes. Notre quartier était sans électricité depuis le début de la guerre, mais à la lueur d'une bougie qui éclairait le corridor, j'ai pu voir ses yeux. Il n'y avait plus rien. Plus de vie. Tant il devait en avoir pris. Et quelques années plus tard, j'ai vu un reportage sur les génocidaires qui racontaient les crimes qu'ils avaient commis. Ils avaient le même regard vidé d'humanité. C'est un regard qui n'a plus rien à dire, qui a l'air d'être le miroir de rien, même pas de l'horreur qu'il aurait vue… Juste des pupilles flottant sur un cristallin zombie. C'est ce qui me fait dire qu'à chaque vie qu'on prend volontairement, son âme le paye de sa propre vie.

Ce serait une exécution on ne peut plus violente que j'infligerais à ces hommes qui m'ont tout pris : « Je ne vous en veux plus, je suis désormais au-dessus du mal que vous vous êtes tués à m'infliger. Vous êtes maintenant morts deux fois et moi, je n'ai jamais été aussi vivant ! » C'est ce qu'on dit, en substance, lorsqu'on offre la charité du pardon aux bourreaux. C'est une terrible vengeance.

En pardonnant de la sorte, on se donne le droit d'expier le péché de son bourreau… On se fait Dieu.

Ce type de pardon ne peut donc être que l'œuvre de l'ego.

Le propre de l'ego étant de toujours nous garder un pied dans le passé, avec sa proposition du pardon, il nous tient bien enchaîné à l'oppresseur. La puissance que ce pardon nous procure n'est qu'illusion.

Car si on donne aux bourreaux le pouvoir sur notre sentiment d'éminence, de fierté, parce que nous avons accompli la divine tâche de l'acquitter, alors nous sommes liés à lui pour toujours.

Chaque fois que quelqu'un remet en cause notre sens moral et qu'on ramène le nom des bourreaux à qui l'on a fait miséricorde, pour prouver qu'on mérite notre place au club du bon monde, ça y est, on est dans le cachot de notre propre vanité.

Et c'est ainsi que le pardon de l'ego s'assure de ne jamais garder les bourreaux trop loin. Il nous le rend indispensable, bien après qu'il a rempli sa fonction d'éclaireur vers notre conatus.

Alors que, quand même, le but de dépasser sa douleur est de moins y penser.

Mais, bonne nouvelle, il existe un autre pardon, plus accessible pour nous, modestes Terriens. C'est le pardon dont Papa a parlé. Le pardon à soi.

Je peux en parler puisque c'est mon unique talent. C'est mon super pouvoir même. On en a tous un, libre à chacun de trouver le sien. Moi je suis exceptionnellement doué pour me pardonner. Je ne m'en veux jamais très longtemps. Papa me dirait que c'est aussi pour ça que j'arrive à ne pas en vouloir aux autres très longtemps.

Comment je fais ? Je me dis que je fais toujours de mon mieux. Toujours ! À chaque instant, chaque pas que je mets devant l'autre est un geste de survie. C'est le principe même de l'évolution de notre espèce. Le corps visant l'éternité fait sa propre science indépendamment de notre volonté.

À nous tous qui sommes toujours là à pouvoir mettre un pied devant l'autre, il nous aura fallu le bon tri génétique.

Nous qui sommes toujours vivants aujourd'hui jouissons du seul népotisme qui soit juste. Quand on est vivant, on est toujours les enfants des plus forts. C'est Darwin qui a dit ça, que la nature ne préservait que les plus forts…

Et nous n'avons rien fait pour ça. Être les descendants des souches les plus coriaces. On a reçu. Gratuitement. Et si je pense que j'ai un quelconque mérite pour ma bonne santé parce que je sais trouver la motivation de courir cinq kilomètres tous les matins, je me trompe.

À moins bien sûr que je sache reproduire la source première de ma manière d'être et que je puisse l'insuffler à l'humanité entière… car nous aimerions tous avoir une santé de fer. J'arrive à me motiver parce que, pour certaines tâches, je suis le genre d'humain qui sait se motiver, mais je ne sais pas comment on construit un humain qui sait se motiver, donc j'ai reçu. Gratuitement. Je dis merci !

Nous faisons des choix, certes, mais aucun de nos choix n'est libre. Les hommes qui m'ont enlevé ma famille ont fait le choix de prendre les armes et d'assassiner. D'accord. Mais étaient-ils libres de ce choix ? Je ne pense pas. L'idée qu'un homme choisisse librement de devenir le bourreau d'un autre ne fait pas de sens pour moi. Ils n'ont pas eu la mère que j'ai eue. Ils n'ont pas eu le père que j'ai eu. Ils n'ont été libres que d'être les exécutants de leur conatus. Et le leur les poussait à la violence.

S'il me reste un peu d'amour malgré tout, c'est que je suis le fils d'une femme et d'un homme qui ne peuvent pas plus prendre le crédit de ce qu'ils m'ont transmis, puisqu'ils n'ont pas choisi d'être les personnes spécifiques capables de transmettre un peu de cet amour qui ne trie pas. Je ne produis pas les causes de mes raisons.

Et c'est d'ailleurs parce que je sais cela que j'arrive à me pardonner. Parce que je sais aujourd'hui que j'ai toujours fait de mon mieux, que c'est tout ce que je sais faire, faire de mon mieux, en tout temps, et que rien de tout ça ne dépend de moi.

Je me pardonne de ne jamais arriver à faire mieux qu'un homme et ainsi je pardonne aux autres de n'être que des humains. Cela dit, ne pas en vouloir aux autres ne veut pas dire oublier. Il y a des gens qui rejoignent nos vies et d'autres qui les traversent. Et bien que les deux jouent un rôle important dans nos devenirs, il est important de ne pas les mettre dans le même sac.

Les hommes-monstres qui ont tué ma famille de sang en 1994 ont beau avoir joué un rôle capital dans ma vie, ce n'est pas pour autant que je dois rester attaché à eux.

Non. Ce cordon doit être coupé. Je ne dois pas les haïr. Pas plus que je peux leur pardonner. Je n'ai pas les compétences pour absoudre. Je ne peux qu'accepter qu'ils ont été nécessaires à mon chemin et à mon bonheur présent.

Par contre je peux me pardonner à moi, de ne pas…

Papa me sent en difficulté et intervient…

– Fiston, tu peux vivre en paix maintenant. Delphine ne t'en veut pas…

Cette nuit du 15 avril 1994, la dernière respiration que j'ai entendue était celle de Delphine, ma petite sœur de trois ans, et j'ai longtemps vécu avec cette violente culpabilité de ne pas l'avoir sauvée…

– Elle était déjà partie, Conny, son sort était scellé. On devait tous partir ensemble, c'est ce qui était écrit. Tu t'es caché derrière le divan, tu as survécu et c'est le mieux que tu pouvais faire. Ça ne fait pas de toi un lâche. Ça fait de toi un survivant qui aujourd'hui sait enfin quoi faire pour contribuer à son monde.

– Qu'est-ce que c'est ?

– Tu le sais, tu l'as dit toi-même dans le prologue. Parler sérieusement d'amour.

Une armée de fous

Chère amie, cher ami, si tu m'as lu jusqu'ici, c'est que, comme moi, tu te trouves dans de beaux draps.

Tu as compris l'intérêt, en 2025, de défendre l'amour avec un grand A. D'aimer ceux que l'on nous dit être nos ennemis jurés. De leur donner l'autre joue… bref, tu n'es plus dans la vraie vie.

Et tu es arrivé trop loin pour faire marche arrière et comme moi, tu ne peux plus voir autre chose que la seule vérité qui soit : nous sommes fabriqués de la même matière source et nous sommes donc, évidemment,

UN.

Mais tout ça pose un sérieux problème.

En effet, si toi et moi acceptons que l'Humanité se porterait mieux avec plus d'amour et que pour plus d'amour il faut, non pas moins de haine mais plus du tout de haine, et que celle-ci est le résultat d'une peur inhérente à la nature humaine, on se retrouve dans un cul-de-sac philosophique. Là où il y a de l'humain, il y aura de la peur et donc de la haine et par conséquent l'amour est condamné à une perpétuelle pénurie dans ce bas monde.

À moins bien sûr que toi et moi nous nous engagions à servir cette naïve entreprise qu'est l'amour pour tous, cet amour qui ne fait pas de tri.

Que nous formions une armée de fous qui acceptent d'en prendre plein la gueule sans jamais rendre les coups, parce qu'on sait que l'Autre est une extension de nous. Parce qu'on sait que la seule réponse rationnelle à la haine est un amour intransigeant, sans excuses, un amour sans « oui mais… ».

On échouera peut-être.

Eh bien oui… Qu'est-ce que tu crois ? Être du bon côté, ça se mérite !

Peut-être que la seule manière d'être légitimement du bon côté de l'histoire est d'accepter de prendre des coups, et de rester là, à sourire bêtement, d'accepter d'être l'idiot d'une société qui perd la raison. Peut-être que ça vient avec le job.

Peut-être qu'il faut tendre l'autre joue. Fils de Dieu ou pas, il était loin d'être bête, ce Jésus !

Il savait que la haine est à l'amour ce que le feu est au gaz… Il n'en faut qu'une étincelle pour tout foutre en l'air.

Ce qui veut dire que pour nous qui voudrions nous vanter un jour d'avoir été du bon côté des choses, si nous voulons sérieusement plus d'amour dans ce monde, la prochaine fois que quelqu'un nous traitera de sale Nègre, de terroriste, de sexe faible, de sale Blanc ou d'abomination évolutionnaire, nous devrions répondre : « Tu es moi, je t'aime et je *me* pardonne. » Comme un mantra. Comme une ambition.

Peut-être n'en serons-nous jamais capables... Mais tant qu'à se divertir, délectons-nous de ce bel horizon. Plantons cette naïveté. On ne sait jamais. On n'a plus rien à perdre.

Et puis, pour toi qui as tant enduré, j'ai une bonne nouvelle. Le futur est là. Dans le domaine du faire, la machine nous remplace, il y a donc de nouveaux métiers à inventer et il y en a un pour lequel tu es rigoureusement formé. Tu as la science de ce qui t'a fait mal, tu connais les couleurs de ton conatus et si tu ne résistes pas à cette main invisible qui obstinément te force à vivre, tu n'es pas à l'abri de décrocher le job du siècle : parler radicalement d'amour.

À propos de l'artiste Aboudia

En 2018, alors que je marchais pour retourner à mon hôtel, je me suis arrêté net devant une galerie d'art à Paris. Dans la vitrine, une peinture mettait en scène des enfants dont les visages semblaient avoir été substitués par des masques Akan. Les expressions étaient morbides et les couleurs exaltantes. Le tout était bluffant d'espoir. J'avais rarement vu autant d'horreur et de beauté en harmonie dans une même œuvre. Je suis entré pour demander qui était l'artiste et on m'a répondu : Aboudia. Il est depuis devenu un des artistes contemporains les plus cotés du monde et un de mes artistes préférés, à côté de John Coltrane ou Dany Laferrière. Aboudia raconte l'enfance comme peu de chansons et de romans arrivent à le faire. L'enfance en Côte d'Ivoire. L'enfance tout court.

En décembre dernier, je lui ai demandé de me peindre le pardon et, deux mois plus tard, il me faisait le plus beau des cadeaux. La magnifique illustration en couverture de ce livre.

Merci l'artiste.

Remerciements

Merci à mon Papa qui est aux cieux pour l'inspiration. À Sofia, Mila et Merik, mon peuple primaire.

Merci à Édith et Renaud Leblond pour la confiance, une deuxième fois ! Merci à mon éditrice Caroline Sers. Merci à toute l'équipe XO.

Quant à toi, chère amie, cher ami, merci d'avance, ravi de faire ta connaissance et rendez-vous, je l'espère, de l'autre côté d'un amour qui ne trie pas (radical ?).

Table

Mise en page : Sylvie Denis

Cet ouvrage
a été achevé d'imprimer sur Roto-Page
par l'Imprimerie Floch à Mayenne
en avril 2025

**Soucieuses de la préservation de
l'environnement, les Éditions XO
utilisent du papier issu de forêts gérées
de manière responsable.**

N° d'édition : 5424/01 – N° d'impression : 106975
Dépôt légal : mai 2025

Imprimé en France